KB174062

지금

내가

보고 있는

들소는

몇 번째

들소일까

?

지금
내가
보고 있는 들소는
몇 번째
들소일까?

삶의 도착지는 묘지가 아니라 그 기억들을 간직한 '다른 삶'이다. 나는 혼자가 아니다!

이능표

기억의 집

첫번째 이야기

미망

두번째이야기

사랑에 관한 문장

세번째 이야기

화약을 안고 누워있는 성냥 알맹이

네번째이야기

귀에 스치는 바람 소리

다섯번째 이야기

지금 내가 보고 있는 들소는 몇 번째 들소일까?

여섯번째이야기

들소에게

“

어떤 기억이 어떤 기억들을 기억하는 동안 그 기억들은 여전히 존재한다. 삶의 도착지는 묘지가 아니라 그 기억들을 간직한 ‘다른 삶’이다. 나는 혼자가 아니다!

”

첫 번째 이야기

기억의 집

난

몇 년 만에 꽃이 피었다. 향기롭다. 이 앞에서 담배를 피우면 안 되겠지 하며 커피를 마시는데 손가락 사이에 어느 틈엔가 담배가 끼워져 있다. 습관이란 게 그만큼 무서운 것이다.

집 마당에 목련을 한 그루 심어놓고 몇 년째 꽃이 피기를 기다리는데 올해도 꽃이 피지 않았다. 꽃을 피워본 기억이 없어서라고 내가 말하자 꽃이 피는 것은 기억이 아니라 습관이라고 말했다.

MRI

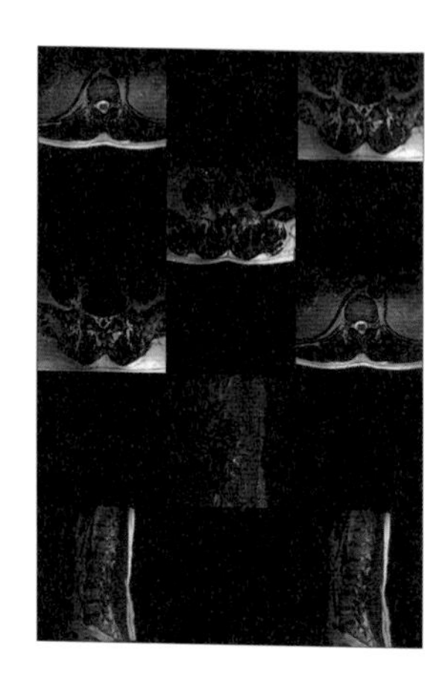

태어나 처음으로 MRI 검사를 했다. 아픈 허리에 관해 걱정 반 위로 반 만나는 사람마다 자기가 아는 병명을 들이대며 침이 좋다, 뜸이 좋다, 수술이 제일이다, 운동이 최선이다, 가지가지 치료법을 추천하는 것에 종지부를 찍기 위한 첫걸음인 셈이다.

MRI, 자기공명영상이라는 것이 무언가 했더니 공명, 그러니까 소리를 영상으로 바꾸어 보여주는 것이란다. 그러니까 그게 시 쓰기의 어느 대목과 아주 비슷한 기술인 셈이다.

몸에서 공명을 만들어 내기 위해 헤드폰을 낀 채 우주선의 캡슐처럼 생긴 통 속에 들여졌는데 검사하는 내내 그 소리가 들려왔다. 그 소리는, 내게는 너무나 익숙한, 10대 후반에 심취했던 크라프트베르크(Kraftwerk)의 음악들과 흡사했다.

검사 결과가 CD 한 장에 담겨 내 손에 들어왔다. 내 몸이 반응한 소리를 컴퓨터가 그려낸 영상들을 잠시 감상했다. 그런데 이게 좀 복잡하다. 나, 나의 몸, 나의 몸의 소리, 나의 몸의 소리를 그려낸 그림, '나'는 무엇인가, 무엇으로 만들어졌(지)는가… 따위.

도망꾼

'최초의 기억'에 관해서 들은 이야기가 있다. 사람의 운명을 지배하는 것이 바로 그의 첫 기억이란다. 10대 후반 한참 예민하던 시절이었다. 친구 서넛이 자신의 첫 기억에 관해 얘기하며 심각한 밤을 보냈던 생각이 난다. 모든 것이 불확실한 나이였으므로 진위와 상관없이 자신의 미래에 관해 무언가 꼬투리를 잡고 싶었던 것인지도 모른다.

나의 첫 기억은 보통을 조금 넘어선다. 자라서 그때를 되짚어 보니 서너 살 무렵이다. 방 하나 부엌 하나인 집, 마루를 통해 방으로 들어가는 미닫이가 있고, 마루로 올라서기 전 오른편에 부엌문이 있다. 마루 건넌방에는 집주인이 살고 있다. 역시 마루로 올라서기 전 왼쪽에 부엌이 있는데 우리와 다른 점은 그 부엌 옆에 방이 하나 더 딸려 있다는 것이었다.

방과 부엌을 가르는 벽 아래쪽, 부엌에서 보자면 아궁이 위쪽에 좌우로 긴 미닫이가 있었다. 마당과 마루를 거치지 않고 부엌에서 방으로 직접 음식을 들이기 위한 용도였으리라. 아궁이 위 미닫이 창턱에는 송판으로 만든 자그마한 선반이 매어져 있었다. 어머니가 조리할 때면 나는 그 미닫이로 고개를 내밀고 구경했다. 어머니는 가끔 고개를 들어서 나와 눈을 맞추셨는데 아궁이에서 지글지글 끓고 있는 음식 냄새와 함께 어머니의 모습(아마도 나를 안고 찍은 돌 사진 속 젊은 어머니의 모습이리라)이 선하게 떠오른다.

나의 첫 기억이 거기까지면 참 좋았을 텐데 이어지는 기억이 있다. 고개를 내밀고 내려다보다 상체를 이기지 못하고 부엌으로 굴러떨어지고 마는 것이다. 실제로 그런 일이 한두 번이 아니었다. 사달이 날 때마다 동생 간수하지 못했다고 흠씬 두들겨 맞은 열세 살 위 큰누나의 전언이다.

"계집아이 열여섯이면 한창 친구들하고 나돌아다닐 땐데 갓난이 치다꺼리에 관심이나 있었겠니? 그 일만 아니다. 너 때문에 누나 많이 맞았다. 이 도망꾼 같으니!"

도망꾼!

사실 나는 이 '도망꾼'을 나의 첫 기억으로 삼고 싶었다. 높은 곳에서 떨어지는 그 아득함보다는 이쪽이 훨씬 낭만적이기 때문이다.

어린 시절 나는 좀 멀리 나가 놀았다. 명수대극장이 있던 중앙대학교 정문 근처 흑석시장이 나의 단골 놀이터였는데 당시 살던 집에서 거리를 계산해 보니 네댓 살 꼬맹이에게 먼 곳이긴 하다. 사흘이 멀다 하고 동네가 발칵 뒤집혔다. 어머니나 누나 쪽에서 보면 아이를 잃어버린 것이기 때문이다.

"어디 한두 번이어야 말이지. 처음엔 아들 하나 잃어버리나 했지. 나중에는 아들 간수 못 했다고 네 아버지한테 혼날 일만 걱정이 되더라."

이건 어머니 말씀이고,
"눈만 깜짝하면 사라져 버리곤 하는데 엄마한테 또 죽도록 맞겠구나, 그 걱정만 되더라."
이건 큰누나 말인데, 정작 당사자에게는 어린 시절 가장 아름다운 추억이 바로 눈 반짝거리며 시장바닥을 간섭하고 다니던 그 기억이니!
"에이, 그래도 난 나가서 자고 들어온 적은 없소. 얘(네 살 터울의 여동생)는 딱 한 번이지만 그 대신 하룻밤 자고 들어왔잖아!"
"흥! 오빠는 고작 시장바닥이나 헤매고 다녔지. 나는 꽃이 예뻐서 꽃 따러 갔다가 그리된 거라고. 얼마나 낭만적이야!"
동생 말에 가가대소. 하지만 누가 알랴. 평생의 기억, 평생의 추억이 때론 그런 위험을 감수한다는 것을.

내 — 기억 속 — 포물선 하나

한때 그는 공포의 대상이었다. 어쩌다 길에서 마주칠 때는 물론이고 멀리서 지나가다가도 눈에 뜨이기만 하면 전생의 원수라도 만난 듯 득달같이 달려와 나를 두들겨 패곤 했다. 나는 이유도 모른 채 얻어맞았다. 실컷 주먹을 휘두른 그는 의기양양 유유히 사라지곤 했다. 여섯 살 일곱 살 무렵, 선친의 직장이 있던 충청남도 청양군 남양면 구룡리 광산촌에 살 때다.

그날도 여지가 없었다. 햇볕이 쨍쨍한 날, 황토 먼지가 날리는 신작로를 터덜터덜 걷고 있을 때 위쪽 둑길에 불쑥 그가 나타났다. 눈길이 마주치자마자 누가 먼저랄 것 없이 윗길과 아랫길에서 나란히 달리기 시작했다. 쫓는 자와 쫓기는 자, 필사의 경주는 오래 가지 않았다. 둑길과 신작로가 만나는 언덕길에 이르렀을 때 그가 공중으로 붕 날아오르더니 먹잇감을 향해 달려드는 매처럼 나를 덮쳤다.

흠씬 두들겨 맞고 집으로 가는 길에 단짝 친구를 만났다. 그는 돌팔매의 명수였다. 그의 손에 이끌려 왔던 길을 돌아갔다. 신작로 저 멀리 그의 뒷모습이 보였다. 친구가 힘껏 돌멩이를 던졌다. 손을 떠난 돌멩이는 정확히 머리를 맞췄고, 일격을 당한 그는 풀풀

황토 먼지를 일으키며 길 위에 쓰러져 뒹굴었다.
머리 하나 정도 더 컸지만 그 역시 또래였을 터. 도대체 왜 그랬을까? 나에 대한 그의 적개심은 어떻게 시작된 것일까? 사택에 사는 아이들과 농가 아이들 사이의 해묵은 불화가 원인이 아니었을까 막연히 짐작할 뿐 정확한 이유는 알 수가 없다.
그때 그 포물선을 기억한다. 친구의 손을 떠난 돌멩이가 그려내던 그 아득한 포물선, 분노와 갈망에서 시작해 불안과 우려로 이어졌던 짧고도 긴 포물선!

소녀 이름은 "야!"

작년 설은 2월 19일이었다. 그즈음 예전에 출간했던 첫 시집을 재출간하고 릴리스를 했는데 '고향'이란 시가 일간신문에 실렸다. 명절을 앞두고 갈 곳 없는 사람들 심정이 그러하려니 생각한 모양이다.

가고 싶네 내가 태어난 곳
경기도 이천이지만
하나뿐인
시골 기억은 충청도 광산촌 구봉이지만
아침에 해가 뜨면 고향 하나 갖고 싶네.

· · *'고향' 전문*

시는 별스러울 것 없는데 '하나뿐인 시골 기억'인 '구봉'에 추억이 많다. 세월이 깨알처럼 흘렀음에도 불구하고 도화지 위에 골목 하나하나까지 세세히 그려낼 수 있을 정도로 말이다.
경기도 이천에서 태어나 곧바로 서울로 왔고 여섯 살과 일곱 살 2년 동안 구봉에 살다 다시 서울로 이사 왔다. 구봉은 남한 제일의 금광이 있는 광산촌이다. 아버지는 '양창선 매몰사건'으로 유명한 그 구봉광산에서 채광계장으로 근무했다.

우리 가족은 회사가 마련해준 사택에 살았다. 사택은 일제 강점기 때 지어진 적산가옥으로 널찍한 채소밭과 곳간이 있고, 부엌 옆 욕실에는 바닥이 깊은 일본식 욕조가 딸려 있었다. 마당 쪽 미닫이를 열면 요즘의 베란다 같은 기다란 마루가 있는데 여러 장의 유리문이 이어져 있어 채광이 좋았다. 어머니는 그 창가에 갖가지 화초를 심었다. 나는 그중에서도 수세미와 여주를 좋아했다. 여름이면 창문에 주렁주렁 수세미가 매달리고 가을이 되면 샛노란 여주 열매가 벌어지면서 새빨간 씨앗들이 쏟아져 나왔다.

소녀 이름은 "야!"였다. 나보다 한 살 위였지만 그래 봐야 예닐곱 살이니 소녀랄 것도 없겠다. 어쩐 일로 나와는 매일같이 전쟁을 치르고 있었다. 아침을 먹고 나면 밤새 접은 딱지를 들고 아이 집으로 달려갔다.

"야!"

대문 밖에서 소리를 지르면 쪼르르 튀어나오는데 볼 것 없이 딱지치기가 시작됐다. 둘 다 벙어리라도 된 듯 무어라 말을 주고받은 기억도 없다. 어느 날은 잃고 어느 날은 땄지만, 아침 먹고 달려가 결투를 청하는 사람은 늘 나였다.

"야 왔네? 오늘은 어째 안 온다 했지. 호호호."

두 남녀의 전쟁이 어른들 사이에도 소문이 났던 듯싶다.

나무담장 옆에 느티나무가 있었다. 잎이 다 떨어진 늦은 가을날, 동네 아이들이 나뭇가지에 걸터앉아 새떼처럼 조잘거렸다.
"이사 가면 다시 못 보니까 오늘은 종일 놀아줘야 해."
누군가 노래하기 시작했다. 노래가 생각나지 않으면 불렀던 노래를 다시 부르며 노랫소리는 땅거미가 질 때까지 이어졌다. 그때 그 나뭇가지에 "야!"가 있었는지는 기억이 나지 않는다.

서울에 도착할 때까지 나는 부어있었다. 어머니가 이삿짐을 싸며 애써 모은 딱지를 내버렸기 때문이다. 화가 난 이유가 소녀와 관계가 있는 것인지, 아니면 딱지에 관한 집착 때문이었는지는 알 수 없다. 하지만 그래도 된다면, 소녀와 연관을 짓는 것이 희미한 옛 추억을 내 인생에 더 단단하게 매어두는 수단이 될 것 같다.

엄살

무리했던 여행과 갑자기 닥친 상사 이후 어깨 통증으로 잠을 이루지 못하고 있다. 누울 엄두조차 못 내고 허리를 꺾은 채 소파에 앉아 아픈 부위를 문지르며 시간을 허비한다. 팔의 각도가 뒤틀리는 어느 순간 면도칼로 힘줄을 째는 것 같은 통증이 밀려와 나도 모르게 비명을 지르며 식은땀을 흘린다.

군사독재 시절, 알 만한 분께서 이런 말씀을 하셨다.
"모두가 성삼문일 수는 없지. 시뻘겋게 달군 인두로 생살을 지져대는 절대군주 앞에 고개를 세우고 '대군, 그러시면 아니 되오!' 외칠 수 있는 사람은 흔치 않지. 나처럼 왜소하고 심약한 사람은 말할 것도 없지. 물고문 전기고문 고춧가루 고문은커녕 눈만 부릅떠도 있는 죄 없는 죄 다 불고 말지."

나는 통증을 잘 견디지 못한다. 다만, 이 아픔이 진짜 아픔일까, 자문하곤 한다. 이런저런 원인으로 내 몸이 겪고 있는 통증, 이 정도면 남들도 아프다고 하는지, 아프다고 할 때 그 통증의 강도는 어느 정도인지, 그걸 어떻게 표현하는지.

어렸을 땐 좀 달랐던 것 같다. 나는 말썽꾼이었고 객지에 계신 아버지와 떨어져 홀로 자식을 가르쳐야 했던 어머니는 마음을 모질게 먹지 않을 수 없었다. 말썽이 극에 달하면 성냥개비에 불을 붙여 새끼손가락 끝마디를 태우셨다. 나는 손목을 잡힌 채 성냥개비 하나가 다 타들어 갈 때까지 고통을 견뎌냈다.

"이 상처를 보면서 네가 무슨 잘못을 했는지 오늘 일을 잊지 마라."

굳게 다짐하곤 했지만, 철이 들기까지 여러 차례 어머니께 손목을 잡혀야 했다. 통증을 견디는 힘은 그만했는지 몰라도 그것을 기억하는 능력이 내게는 없었던 모양이다.

엄살떨지 말자.
해가 지기도 전에
뻔뻔한 기억들은 얼마나 빨리
살아 있는 주검들을 실어 나르던가!

·· '지붕' 중에서

누명

뭔가가 또 없어졌던 모양이다. 어려서부터 곧잘 드라이버며 망치며 집에 있는 물건들을 들고 나가 남에게 줘버리곤 했던 내 혐의가 가장 짙었는데 이번만큼은 정말 아니었다.

"아니라니까. 정말 아니라고!"

온몸으로 결백을 주장했다. 열세 살 위인 큰누나와 천하에 둘도 없는 모범생이었던 형은 용의 선상에서 제외되었고, 작은 누나와 나와 여동생을 대상으로 어머니의 문초가 시작됐다.

"넌?"

"몰라! 그깟 가위를 뭐에 쓴다고… 엿이나 바꿔 먹으면 모를까."

그러면서 작은누나가 나를 쳐다봤다.

"아니라니까! 나 아니라고!"

"그럼 넌? 가위, 얼마 전에 새로 산 거… 가위 알지?"

"알아. 엄마가 그걸로 내 머리 잘랐잖아!"

여섯 살 여동생은 일자로 잘린 앞머리가 여전히 맘에 들지 않는 듯 엄마를 노려봤다.

"귀신이 곡을 하는 것도 아니고 셋 다 아니면 멀쩡한 가위를 도대체 누가 들고 나갔단 말이야! 가위에 발이 달려서 저 혼자 걸어 나간 것도 아니고. 누군가 거짓말하고 있는 게 분명해. 거짓말이 더 나쁜 거라고 했지?"

"아니라니까!"

3남매가 한소리로 결백을 주장하자 어머니께서 부엌에서 식칼을 들고 오셨다.

"자, 다들 오른손 내밀어. 여기 밥상 위에… 눈 감고! 이제 이 칼로 내려칠 거야. 그러면 거짓말한 사람 손목이 싹둑 끊어지는 거야. 말해! 누구야?"

어머니는 사정없이 내려칠 기세였다. 벌벌 떨면서 통곡했지만 소용없었다.

"하나!"

"아니야. 아니라고!"

팔을 빼려고 몸부림쳤지만 추상같은 기세를 막을 길 없었다.

"둘!"

마지막 순간에 항복한 사람이 나왔다.

훗날 가족들이 모인 자리에서,

"우리도 참 순진했지. 얼마나 무섭던지… 억울했지만 이러다 누구 하나 손목이 잘리겠구나 싶어서 나섰던 거지. 워낙 말썽을 피우고 돌아다녀서 매 맞는 데는 이골이 났으니까."

가족들 모두 배를 잡는데,

"나야, 내가 그랬어 하면서 펑펑 우는데, 이번엔 진짜 아니구나 싶더라!"

"……?"

"내 배 앓아 난 자식인데 왜 모르겠니? 말하는 품새며 눈빛을 보면 알지. 그나저나 그 가위는 대체 어디로 갔던 걸까?"

세월이 흘렀음에도 불구하고 여전히 나에게 시선이 쏠리는데,

"허 참! 아니라니까! 자, 여기 내 손목을 걸겠소!"

부자가 되는 방법

초등학교 저학년 때 벽돌을 져 나른 적이 있다. 산동네 누가 집을 지을 때 길이 좋지 않았던 모양으로 건축자재를 싣고 온 트럭이 공사 현장까지 들어갈 수 없자 언덕 아래 짐을 부려놓고 빈둥빈둥하는 동네 사람들을 동원했고, 여기에 용돈이 궁했던 아이들이 가세한 것이다. 아이들은 신이 났다. 모처럼 '돈 만질' 기회가 생겼기 때문이다. 빨간 벽돌 한 장에 얼마, 흰 벽돌 한 장에 얼마, 모래 한 양동이에 얼마 하는 식으로 품삯이 치러졌다. 종일 기를 쓴 끝에 거액(?)을 손에 쥔 나는 그 길로 구멍가게로 달려가 평소 침 흘리며 바라보기만 했던 고구마 과자를 사 먹고 달고나까지 한 국자 한 다음 남은 돈을 어머니께 갖다 드렸다. 철없는 마음에 늘 돈에 쪼들리던 어머니께서 기뻐하실 줄 알았는데 그렇지 않았다.

"못된 녀석, 오늘은 용서한다만 다시 이런 짓 하면 혼날 줄 알아라!"

"……?"

"공부해야지! 이런 짓 자꾸 하면 나중에 커서 막노동꾼이 되는 거야!"

"에이! 돈 많이 벌고, 그럼 좋잖아, 뭐."

"이 녀석이?"

"근데 엄마. 공무원 말고 다른 건 없을까?"

"……?"

"돈 버는 거 말이야. 장사나 뭐 다른 걸 할 수도 있잖아. 그게 잘 안 되면 공무원을 하든지…"

"왜? 공무원 되는 게 싫니?"

"꼭 그런 건 아니고… 빨리 부자가 됐으면 해서… 공무원은 나이가 들어야 하는 거잖아. 장사는 아무 때나 하면 되는 거고."

"녀석… 누가 너보고 돈 벌어 오래?"

"아무나 벌면 되지 뭐."

"돈 벌어서 뭐하게?"

"이사 가고."

"이사 가고?"

"모르겠어. 그냥 그래. 부자가 됐으면 좋겠어."

"부자도 여러 가지고 부자가 되는 방법도 여러 가지가 있지."

"무슨 소리야?"

"먼저 어떤 부자가 되고 싶은지 생각해 보는 거야. 돈이 많은 부자, 지혜가 많은 부자, 착한 일을 많이 해서 마음이 부자인 부자…"

"에이, 그런 거 말고… 내가 말하는 건 돈이야 돈!"

"돈이 많은 부자? 그럼 돈을 벌어야지. 근데 무엇을 해서 돈을 벌래? 벽돌 져서?"

"헤헤!"

"공부나 해! 책 속에 길이 있다고 하잖니? 잘 살펴봐라. 책 속에 돈도 있다."

"에이, 또 그 소리… 알았어. 하지만 아무리 그래도 그건 돈이 아니야. 진짜 돈이 있으면 당장 행복할 수 있지만, 책 속에 있는 돈이 진짜 돈이 되려면 시간이 걸려. 공부해야 하고, 시험을 쳐야 하고, 그래서 공무원이 됐다고 쳐. 그다음엔 동사무소에 나가야지?

그러고 나서 또 한 달이 지나야 나라에서 돈을 주는 거야. 그래, 거기까지는 좋아. 그래서 부자가 됐다고 쳐. 그럼 뭐해?”

“뭐하다니? 그럼 됐잖아. 부자가 됐으니 소원 푼 거지 뭐.”

“에이, 엄마는… 생각해 봐. 그때 내가 몇 살이겠어? 아빠만큼 나이를 먹겠지?”

“그런데?”

“그럼 다 끝난 거지 뭐. 어른이 돼서 고구마 과자를 사 먹겠어, 달고나를 하겠어? 학교 다 졸업했을 테니 석만이나 수정이나 승진이나 자랑할 친구도 없을 거고…”

“그땐 다른 친구들이 생기겠지? 고구마 과자나 달고나보다 더 맛있는 걸 사 먹으면 되고…”

"아이참, 엄마! 그걸 말이라고 해? 어쨌든 그건 달고나도 아니고 고구마 과자도 아니잖아. 석만이도 아니고 수정이도 아니고 승진이도 아니고!"

·· '사과나무 아래서' 중에서

#

9급 국가직 공무원시험에 24만 명 이상이 몰려 41대 1의 경쟁률을 기록했다는 뉴스를 보고 있자니 어머니 생각이 났다. 어머니는 세상에서 가장 좋은 직업은 공무원이라고 믿으셨고, 자식들이 그리되기를 바라셨다. 나라가 망하지 않는 한 실직할 위험이 없다는 것이 어머니 생각이었다. 여기에는 인생의 절반을 새 직장 구하는 데 보낸 아버지의 영향이 컸다.

비방

중학교 1학년 때다. 어머니께서 다리 통증이 심하셨다. 집안이 한창 어려울 때였으므로 병원 치료는 생각할 수가 없었다. 이리저리 알아본 끝에 누군가로부터 비방을 얻어내셨다.
“남대문시장에 좀 다녀오너라. 혼자 다녀올 수 있겠니?”
“네.”
“토끼 파는 곳이 있을 거다. 한 마리 잡아 달라고 해라. 반드시 잿빛이어야 한다. 밤도 한 되 사 오고.”
“네.”
당시 상도동에 살았고 내 세상은 남영동까지였다. 학교가 남영동에 있었기 때문이다. 남대문이라고 해야 남영동에서 몇 정거장 되지 않지만 집과 학교가 전부인 나에겐 세상 밖이었다. 버스 안내양에게 몇 번을 묻고 물은 끝에 남대문시장에 무사히 내렸고 시장바닥을 돌며 어찌어찌 임무를 완수했다.

"환자가 보면 약이 안 된다고 하니 이제 밤을 깨끗이 씻어 토끼 뱃속에 넣고 바늘로 꿰맨 후에 솥단지에 넣고 물을 부은 다음 뚜껑 잘 닫고 푹 고아라. 할 수 있겠지?"

"네."

껍질을 벗기고 내장을 들어낸 시뻘건 생육을 맨손으로 만지기가 쉽지 않았지만 이를 악물고 두 번째 임무도 완수했다.

그 비방이 어머니에게 통했는지는 기억나지 않는다. 다만 세월이 흐른 뒤에 누군가에게 이런 말을 했던 기억이 있다.

"토끼하고 밤이라니, 웃기잖니? 그러니까 그게, 토끼가 밤을 주우러 다닐 때 얼마나 뛰어다니겠어. 당연히 다리가 튼튼해야겠지? 다리가 아프다니까 누가 그런 허무맹랑한 비방을 냈던 거야."

열무김치

열무김치를 좋아한다. 이웃에 있는 공동체에서 한 상자 들여놨다. 하루쯤 익혔다가 냉장고에 넣는다는 것을 깜빡하고 말았다.
"아, 시어!"
한 젓가락 입에 넣더니 아내가 고개를 젓는다.
"괜찮은데 왜?"
시긴 해도 못 먹을 정도는 아니다.
낮에, 아내는 장모님 병문안 가고 혼자 밥상을 차렸다. 반찬은 김과 열무김치. 식탁에 앉아 멀거니 유리창을 내다보며 수저를 뜨는데 어느 순간 목젖이 뜨거워지면서 가슴이 미어져 왔다.
'무슨 일이지?'
이유를 깨달았다. 연신 입안에 욱여넣고 있는 열무김치 때문이다. 신 듯하면서도 칼칼한.

중학교 때 집안이 어려웠다. 어느 한철 열무김치 하나를 반찬으로 삼았다. 한참 식욕이 오를 때였으므로 반찬이고 뭐고 없었다.
"그렇게 맛있니?"
"네, 엄마."
"녀석하곤… 시어 빠진 열무김치 뭐 그리 맛있다고…"

어느 날.

부엌에서 전쟁이 벌어졌다. 마당 한쪽에 닭장을 놓고 병아리를 키우고 있었다. 약병아리만도 못한 자그만 녀석이 목이 꼬인 채 어머니 발밑에서 기를 썼다. 솜털이 보송보송한 날갯죽지를 부여잡고 모가지를 밟고 계신 어머니도 안간힘을 썼다. 덜덜 떨며 그 모습을 지켜봤다. 아버지는 객지에 계셨고 대학에 다니던 형은 휴학하고 군에 있었다. 어머니와 작은누나 그리고 여동생, 집안에 남자는 나 하나뿐인데 닭 모가지를 비틀기엔 너무 어렸다. 그해, 스무 마리 남짓하던 병아리들은 다 자라기도 전에 하나둘씩 밥상에 올려졌다. 어머니는 사십 대 중반이었다.

엄마 사진

·· 어떤 '머리글'

엄마 사진을 꺼내 본 적 있나요? 저는 가끔 옛날 사진을 꺼내 본답니다.
가장 오래된 사진은 낡을 대로 낡아 버린 흑백사진입니다. 첫돌 때 찍은 것인데, 젊고 예쁜 어머니가 저를 품에 안고 계십니다. 어머니 품에 안긴 저는 눈을 동그랗게 뜨고 사진사를 노려보고 있지요.
두 번째 사진은 그로부터 이십 년쯤 뒤에, 그러니까 제가 스무 살 무렵에 찍은 사진입니다. 군대에 있을 때 어머니께서 면회를 오셨는데, 그때 찍은 것이지요. 장소는 부대 앞 큰길 같습니다. 버드나무가 파랗게 물이 오른 것을 보니 5월 말, 바로 지금쯤이고요. 그 사진 속에서 어머니는 어느새 반백이 되어 있었고, 얼굴엔 근심이 이만저만 아닙니다.
세 번째 사진은 그로부터 다시 10년쯤 뒤에 찍은 돌 사진입니다. 어머니의 손자, 그러니까 바로 제 아이의 돌이지요. 늙은 어머니가 손자를 안고 계시고, 그 좌우에서 저와 아내가 아이를 어르고 있습니다.
네 번째 사진은 그로부터 또 20년이 지난 것입니다. 바로 며칠 전에 찍은 것이지요. 어머니는 올해 여든이십니다. 이는 몇 년 전에 벌써 다 빠지셨고, 셀대로 센 머리카락도 몇 올 남지 않으셨습니다. 해마다 키가 줄어들더니 이제 웬만한 초등학생 정도밖에 되어 보이지 않습니다. 그날, 병원 물리치료실에 앉아 계시던 어머니가 불현듯 제 가슴속으로 들어오셨습니다. 그게 어머니와 찍은 마지막 사진이지요.
이 사진은 세월이 흘러도 낡거나 바래지 않지만, 아무한테도 보여줄 수가 없습니다. 힘들고 지칠 때, 가족들 몰래 혼자 꺼내 보지요. 그러면 사진 속에서 어머니는 늙은 아들에게 이렇게 말씀하십니다.
"사랑한다, 아들. 기운 내!"

빨간 벽돌의 유래

지금 사는 집은 10여 년 전에 아내가 지었다.
사업이 어려웠던 나는 한 푼도 보태지 못했다.
그저 집이 되어가는 과정을 지켜보면서
비용 줄이는 일에만 골몰했을 뿐이다.

어느 날 어머니께서 불러 앉혔다.
"명색이 가장인데 얼굴을 들고 살겠니?"
신문지에 싼 돈뭉치를 내밀며 어머니께서 말씀하셨다.
"가장이 되어서 기죽어 사는 꼴은 못 보겠다."
그렇게, 어머니께서 주신 돈으로 외벽 마감이
비닐 사이딩에서 빨간 벽돌로 바뀐 것이다.

집이 완공된 다음 해 어머니께서 돌아가셨다.
유품을 정리하면서 내게 주었던 돈의 실체를 알게 되었다.
자식들이 주는 생활비를 쪼개 3년 만기 적금을 부어
6년 동안 두 번에 걸쳐 700여만 원을 만드셨고,
매달 3만 원에서 5만 원씩 비상금을 예치해두었던 것으로 보이는
낯선 통장에서 잔액 200여만 원을 한꺼번에 찾아
1,000만 원을 만드신 것이다.

마당에 나가 꽃밭에 물을 주다 말고 담장이로 뒤덮인 외벽을 살피면서 문득 어머니 생각을 했다.
'잊고 있었구나! 울컥한 사랑도 세월을 이기지는 못하는구나!'

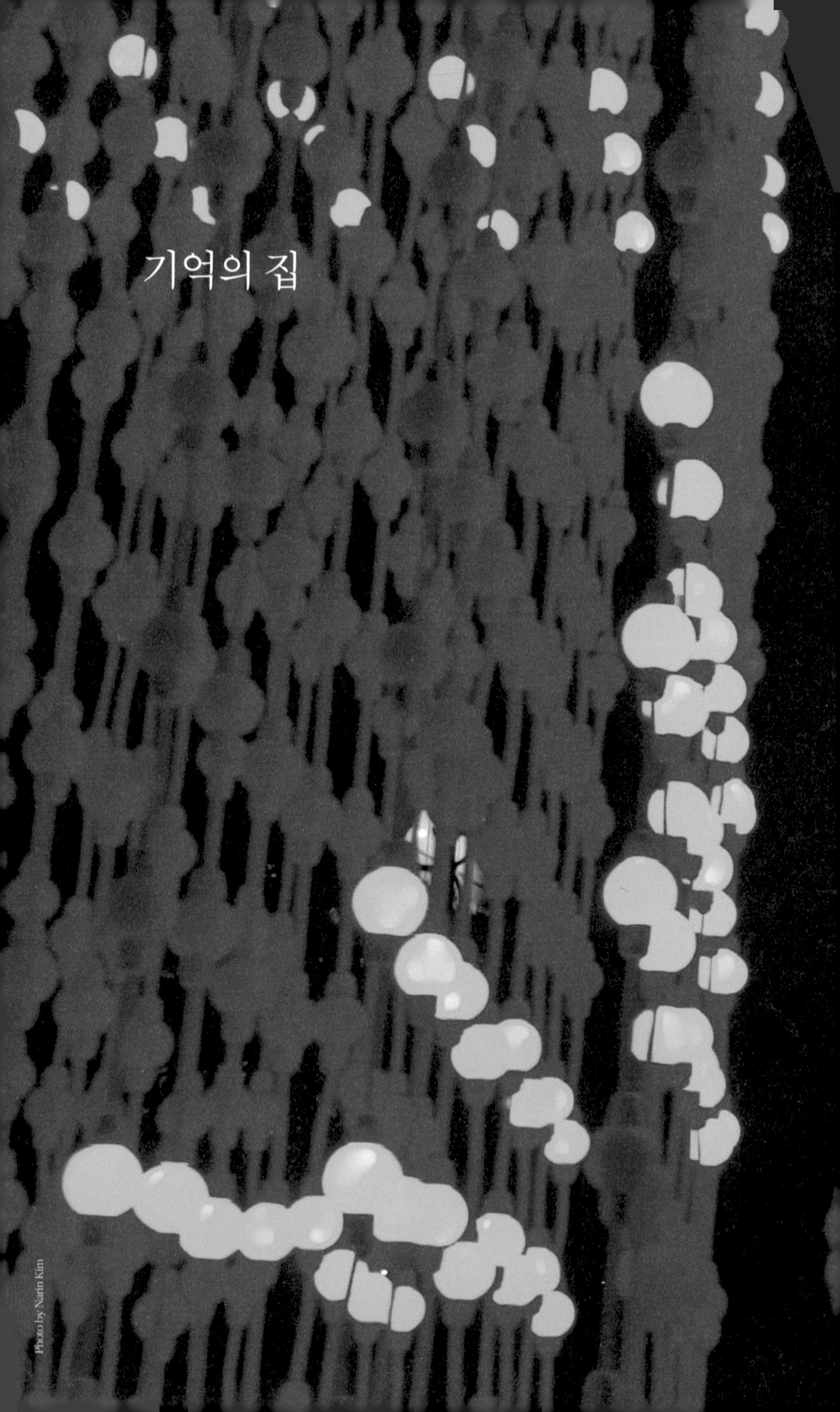
기억의 집
Photo by Narin Kim

그는 일제 강점기 몰락한 양반 집안의 삼남 일녀 중 장남으로 태어났다. 소학교 졸업 후 열네 살 때 혈혈단신 상경하여 생애 첫 번째 직장—시계방 점원—을 얻었고, 이후 40여 년 동안 일을 하면서 열아홉 번 직장을 옮겼으며, 그중 절반 이상의 세월을 새 직장 구하는 데 보냈다.

· · '긴 곡조의 노래에 이은 짧은 곡조의 노래_1' 중에서

아버지는 대방동 성애병원에서 임종을 맞으셨다. 새벽에, 흰 천에 싸인 아버지의 시신을 구급차에 싣고 보라매병원 장례식장으로 향했다. 차가 움직일 때마다 이리저리 흔들리는 아버지의 머리를 두 손으로 감싸 안았다. 그리고 생각했다. 그래. 기억이 삶이다. 기억이 떠난 육체는 물질에 지나지 않는다. 이제, 오늘이 있기 전과 오늘과 오늘 이후로 삶을 기억하게 될 것이다. 이 기억, 이것이 살아 있음과 죽음의 차이다. 이것은 아버지가 아니다. 기억이 떠난 어떤 물체, 나에게 아버지라 불리던 어떤 기억의 껍질일 뿐이다. 날카로운 무언가가 가슴을 짓누르고 있었지만 울지 않았다.

병중에도 천지개벽과 장생불사의 믿음을 놓지 않았다. 마지막 말은 "작은아들이 도착할 때가 됐는데."였다. 그 아들은 삼십 분 뒤에 도착했다. 젊은 시절 남편을 기다리며 홀로 자식들을 교육하던 흑석동 소재의 중앙대학교병원 장례식장에서 삼일장이 치러졌고 화장 후에 남편이 있는 자유로청아공원에 함께 안치되었다.

· · *'긴 곡조의 노래에 이은 짧은 곡조의 노래_2' 중에서*

유리창 너머 염습 과정을 지켜보면서 아버지 때와 비슷한 생각을 했다. 기억이 떠나버린 육체가 도대체 무슨 의미란 말인가. 다만, 이제, 지금, 그 기억에 분칠을 하는 것이다. 그저, 그 기억의 끝자리가 좀 더 아름답기를 바라는 것이다.
"그래. 이것이 삶이다. 지나온 기억들, 그 기억들을 되풀이하여 기억하는 것, 수많은 그것들의 총합이 인간의 역사다."
창틀을 쥔 손에 힘을 주었다. 절벽 아래로 떠밀리듯, 뜨거운 무엇이 뺨을 타고 흘렀지만 닦지 않았다.

추억만
—
묻힐 곳이
—
없다

2004년 8월 15일 아버지가 돌아가시고 만 3년 후 어머니마저 세상을 떠나셨다. 아직도 가끔 두 분이 세상에 계시지 않는다는 사실을 잊어버린다. 기억이라고 해도 좋고 습관이라고 해도 좋다. 두 분과 함께했던 시간의 탄성이 아직 그 시절을 간직하고 있기 때문인지도 모르겠다. 무슨 일로 한참 그분들 얘기를 하다 보면 과연 삶과 죽음의 경계라는 것이 존재하기나 하는 것일까 하는 의구심마저 든다. 물론, 살아 있는 자의 관점이다. 하지만 또 무엇이 있는가. 삶과 죽음, 존재와 부재란 오로지 살아 있는 자의 관점이 아닌가.

"너 인마, 이제 넌 고아야!"

어머니가 돌아가셨을 때 친구가 내게 그리 말했다. 나는 긍정도 부정도 하지 않았다. 10년이 흘렀다. 비로소 그 답을 할 수 있을 것 같다. 나는… 고아가 아니다. 어떤 기억이 어떤 기억들을 기억하는 동안 그 기억들은 여전히 존재한다. 삶의 도착지는 묘지가 아니라 그 기억들을 간직한 '다른 삶'이다. 나는 혼자가 아니다!

첫돌배기 기념사진의 배경으로 킬리만자로를 박아 넣은
그때 그 사진사의 무모함을 빼닮았다고
30년 전 사진을 볼 때마다 어머니는 말씀하신다.
머리카락을 뻣뻣이 세운 채
두 눈을 부라리고 사진사를 노려보던
저 고집 센 아이가 바로 너라며
20년쯤 전의 또 다른 사진 속에서
어머니는 젊게 웃고 있다.

표범은 킬리만자로 정상에 뼈를 묻고
아들은 어머니에게 묻히고
……
추억만 묻힐 곳이 없다.

‥'추억의 킬리만자로' 전문

아이가 전하는 말

어릴 때 들은 이야기가 생각나요. 친구한테 들은 말인데요. 우리가 산다는 건 어린아이였던 자신의 이야기를 나이든 자신한테 전하는 거예요. 살면서 그 이야기를 잃어버리지 않아야 한다고도 했죠. 그 이야기를 자주 떠올리는 건, 어릴 때는 세상을 좋게만 바라봤거든요. 거지도 없고 모두가 행복한 세상이라고요. 어린아이의 이야기엔 아주 작고 단순한 게 담겨 있죠. 그런데 살아가면서 잃어버리는 거예요. 그저 물건을 사기 위해 일을 하다 보니 잠시 멈춰서 불쌍한 사람을 돌아볼 여유조차 없죠. 어린 시절 제가 전하려던 이야기는 무엇이었을까요? 어쩌면 삶의 의미라는 것은 그 이야기를 잃어버리지 않는 것인지도 모르겠어요.

·· EIDF 2016, 얀 아르튀스 베르트랑 Yann ARTUS-BERTRAND(프) 作 〈HUMAN〉 중에서 http://www.eidf.co.kr/dbox/movie/view/260

미루나무가 있는 언덕

소년은 이른 아침 잡목 숲에서 나와 8월 한낮의 뜨겁게 달구어진 들판을 지나 미루나무가 있는 언덕에 도착했습니다. 미루나무는 그 사실을 알지 못했습니다. 하늘 높이 목을 곧추세우고 모래밭 너머 저 멀리 파랗게 끓고 있는 바다를 바라보고 있었습니다.
소년이 말을 걸었습니다.
"무엇을 보고 있니?"
"……?"
"여기 있어. 바로 네 곁에."
"……!"

소년은 미루나무 곁에 앉았습니다. 희고 넓은 이마, 검고 윤기 나는 머리카락을 가진 아름다운 소년은 땀과 먼지로 범벅이 된 채 선망과 애정 그리고 호기심이 가득 찬 눈으로 미루나무를 올려다보았습니다. 적막한 들판 어디선가 아련하게 매미 우는 소리가 들려오고 있었습니다.

"넌 누구니? 어디서 왔지? 어디로 가는 길이니?"

소년은 입을 가리고 킥킥거렸습니다.

"왜 웃는 거지?"

"한꺼번에 그렇게 많은 것을 물어보면 어떻게 대답하겠어. 게다가 넌 아직 내 질문에는 대답도 하지 않았단 말이야."

"……?"

"난 너무 작아서 먼 곳을 볼 수가 없어. 넌 무엇을 보고 있니? 언덕 저편에 무엇이 있는지 내게 말해 줄 수 있니? 들어봐. 매미가 울고 있지? 매미는 어디에 있지? 쉿! 그리고, 저 파도 소리! 바다는 어디 있지? 어떻게 생겼을까? 바다는 아주 넓고… 요즘 나뭇잎만큼이나 파랗다던데! 난 들판 건너 숲속에 살고 있어. 아주 작은 마을이지. 거기선 아무것도 알 수가 없단다. 보이는 것이라곤 온

통 나무들뿐이니까. 어른들은 아무것도 알려고 하지 않아. 숲 밖에 무엇이 있는지, 누가 사는지… 뜨거운 낮이 지나면 서늘한 밤은 어디서 오는지, 나무는 왜 하늘을 향해 자라는지, 시계의 초침은 왜 분침보다 빨리 가는지, 아이는 어떻게 어른이 되고 노인들의 이는 왜 빠지는지……."

이번에는 미루나무가 큰 소리로 웃었습니다. 하지만 그 웃음소리는 다소 공허했습니다. 아련하게 들려오던 매미 소리가 끊어질 듯하다가 다시 이어졌습니다.

소년은 의아한 눈으로 미루나무를 올려다보았습니다.

미루나무가 말했습니다.

"너는 나보다 훨씬 질문이 많구나. 그런 일들이 궁금해서 나를 찾아왔다는 말이니? 넓고 거친 들판을 건너서 이렇게 먼 곳까지?"

"……."

"하지만 얘야, 나도 그런 것은 알 수가 없단다. 지금 내 눈에 보이는 것은 뜨거운 모래밭과 나지막한 모래 언덕들, 그리고 그보다 더 멀리, 새파란 하늘빛을 담고 끝없이 펼쳐져 있는 바다뿐이란다."

"바다!"

소년이 탄성을 내질렀습니다.

"그저 보일 뿐 그런 것들을 온전히 이해할 수는 없단다. 오랜 세월 동안 수없이 질문했지만, 답을 찾아내지 못했지. 이해할 수 있겠니? 보이는 것밖에 볼 수 없다는 것을."

"……!"

"아쉬워할 필요는 없단다. 정말로 중요한 것은 지금까지 보아 온 것과 지금 보고 있는 것이니까. 멀리 있는 것은 아무리 노력해도 볼 수 없고 우리를 의혹과 혼란에 빠뜨릴 뿐이지. 그러니 정말로 중요한 것은 지금 우리가 보고 있는 것, 그리고 바로 그런 것들에 관한 기억이란다."

"만지고 싶어! 내가 잡목 숲 가시덤불과 뜨거운 모래밭을 헤치고 이 언덕을 향해 출발하기 전까지 너는 단지 한 그루의 미루나무에 불과했어. 그것이야말로 슬픈 일이지. 너를 만질 수 없다면! 서로 만나 이야기할 수 없다면! 어딘가에 있는 바다, 어딘가에 있는 매미… 바다가 종일 파도 소리로만 들려오고 매미가 저토록 구슬프게 울어대는 이유를 알 수가 없다면, 우리가 단지 꿈꾸기만 한다면, 어느 날 비가 오고 돌풍이 몰아칠 때, 태풍이 왔다 간 다음 텅 빈 들판에 아무것도 없고, 그래서 문득 어머니가, 또는 친구들이 그리워질 때, 그것들을 어떤 느낌, 어떤 기억으로도 되살릴 수 없다면!"

"우리가 만질 수 있는 것은 껍질에 불과하단다. 보렴. 거칠고 딱딱한 나무줄기, 잡목 숲과 모래밭 건너 나지막하게 불어오는 바닷바람, 매미들의 울음소리, 스러지는 햇볕, 그리고 저기 저 서쪽 하늘을 물들이기 시작한 저녁놀… 나무줄기 속에 흐르고 있는 물줄기들, 바닷바람에 배어 있는 소금기, 매미 소리가 예고하는 하늘나라의 일, 햇볕 속으로 스며든 어둠과 그 모든 것들을 추상(追想)하며 붉게 타오르는 단풍들… 모든 것이 우리가 그것을 기억하고 꿈꾸는 동안만 우리 곁에 존재하는 것이란다."

"가져 볼 수는 없을까? 그 모든 것을, 단 한 번만이라도!"

"……."

가슴이 저렸습니다. 미루나무는 소년이 무엇을 원하는지 잘 알고 있었습니다. 소년의 아버지와 그 아버지의 아버지들이 그랬듯이 차츰 어른이 되어 가고 있는 것입니다.

"……."

"……."

소년과 미루나무는 잠시 말을 잃고 잡목 숲과 모래밭을 붉게 물들여 오고 있는 저녁놀을 바라보았습니다. 어느 틈인가 매미 우는 소리가 그치고 파도 소리만 언덕을 넘어오고 있었습니다. 한층 더 커진 파도 소리는 소년과 미루나무의 가슴을 철썩 때리고는 멀리 퍼져 나갔습니다. 아주 멀리…….

"우리는…"

"단 한 번만이라도!"

소년과 미루나무는 동시에 입을 열었습니다. 그러나 더 말을 잇지 못하고 저녁놀 속에 파묻힌 잡목 숲과 들판을 향해 눈길을 돌렸습니다.

소년의 가슴은 어떤 열망과 호기심과 그리움으로 뜨겁게 달아올라 두근거리고 있었습니다. 미루나무는 알고 있었습니다. 이제 곧 소년이 자기 곁을 떠나 언덕을 넘고 모래밭과 바다를 건너 길고 긴 여행을 시작하리란 사실을. 그동안 생각하고 꿈꾸고 자신을 향해 수없이 질문했던 것들을 만나고 확인하기 위해서 말입니다.

저녁놀 속에 고개를 파묻고 미루나무는 낮고 조용한 목소리로 말했습니다.

"이제 곧 밤이 오겠지. 한낮의 열기는 서늘해지고, 아이들은 잠이 들겠지. 그리고 아침에 눈을 뜨면 몰라보게 자란 키를 재며 즐거워하겠지. 미루나무는 어제보다 부쩍 작아 보이기 마련이고, 그래서 결국은 아무도 미루나무 따위엔 관심을 두지 않게 되지. 미루나무가 있는 언덕과 그 언덕에서 나눈 대화조차……."

"……."

"일터에 나간 어른들을 기다리지도 않지. 숲 바깥에 누가 사는지, 밤은 어디서 오는지, 나무는 왜 하늘을 향해서 자라며 초침이 분침보다 빠른 이유는 무엇인지, 아이는 어떻게 어른이 되는지, 노인의 이는 왜 빠지는지 따위를 질문하는 일도 없지. 심지어 자기 얼굴조차 잊어버리니까…….”

“…….”

“보이니 저 달? 저 달은 어제의 달이 아니란다. 저것은 초승달이야. 한 달에 단 한 번, 이른 저녁 잠깐 얼굴을 내밀고 여리고 아름다운 빛을 발하다가 눈 깜짝할 사이에 사라져 버리고 말지. 아름답고 빛나는 순간은 결코 오래 가질 않는단다. 무슨 뜻인지 이해하겠니?”

“…….”

소년은 대답하지 않았습니다. 어느 틈에 잠이 들었던 것입니다. 미루나무는 저 멀리 어둠이 깔리기 시작한 바다를 멍하니 바라보며 긴 한숨을 내쉬었습니다. 오늘도 아이들을 싣고 수평선을 넘어가는 배 한 척이 거기 떠 있었는지 모릅니다.

두 번째 이야기

미망

"

푸릇푸릇했던 시절, "그래, 세상은 한꺼번에 다 가르쳐주지 않아. 세월이 흐르고 나이가 들면 조금은 현명해지겠지." 했다. 헛된 바램이었다. 그때 보았던 세상이 훨씬 선명하다.

"

스트리킹
streaking

토요일 오후 축구 시합을 하는데 폭우가 쏟아졌다. 진흙탕 속에서 정신없이 뒹굴며 경기를 마치고 누가 흙투성이 된 체육복과 속옷을 벗어들고 저 아래 수돗가를 향해 뛰기 시작하자 너도나도 벌거숭이가 되어 그 뒤를 따랐다.

음악 선생님 두 분이 계셨다. '마귀할멈'과 '마귀처녀'— 빗속의 스트리킹을 목격한 분은 당직이셨던 '마귀할멈'이었다. 월요일 조회 때 운동장에서 대대적인 색출 작업이 시행됐지만, 범인들은 꼬리를 잡히지 않았다.
"이거 참. 그놈이 그놈 같으니 원!"
초등학교를 막 졸업한 까까머리 악동들은 내심 벌벌 떨면서도 초롱초롱 '마귀할멈'의 의심에 찬 눈길을 피하지 않았고 사건은 결국 학교 전설로 남았다.
이태 후, '스트리킹, 한국 상륙'이라는 기사가 떴다. 스트리킹은

1974년 초 미국의 대학가에서 시작되어 세계 각국에 유행처럼 번졌는데 우리나라에는 1974년 3월 13일 상륙했다.

1974년은 정초부터 나라 안팎이 뒤숭숭했다. 국내에선 대통령 긴급조치가 발령돼 유신헌법 개헌의 '개' 자도 못 꺼내게 국민의 입을 막았다. 미국에선 닉슨 대통령이 워터게이트 진실을 밝히라는 요구와 탄핵 위협에 직면해 있었다. 여기 더해 베트남전쟁은 끝없는 수렁에 빠져 애꿎은 젊은이들의 목숨을 앗아가고 있었다. 현실은 답답한데 표현하긴 마땅치 않고 가위눌린 듯 숨이 찬 형국이 짜증 나게 지속되는 꼴이었다.
(중략)
신문사 논설위원들이 칼럼을 통해 "스트리킹의 한국 상륙만은 제발 막자"고 호소한 13일, 고대 앞에서 한국 최초의 스트리킹이 일어난 것이다. 오전 8시 15분 고대 앞 보성다방에서 20대 한 명이 발가벗은 채 뛰어나와 안암동 로터리 쪽으로 200m가량을 달린 뒤 주유소 옆 골목으로 사라졌다. 그가 달리는 동안 뒤에서 친구 한 명이 카메라로 그 장면을 촬영했고 다른 한 명은 옷 꾸러미를 옆구리에 낀 채 뒤쫓았다. 언론은 아연실색했다. 아니, 통곡했다. 그런 X은 때려 죽여도 싸다는 식의 막말까지 썼다. 3월 14일 자 경향신문 칼럼은 이렇게 시작한다. "설마가 사람 죽인다고 스트리킹 광태가 급기야 서울 거리에 출현하고 말았다. 통곡할 일이다."

· · '나체질주' 한국 상륙, 민병욱

"흥! 최초는 무슨··· 우리 학교에선 2년 전에 벌써 일어난 일인데!"
수업을 시작하면서 마귀할멈께서 코웃음을 쳤다.

오늘,
—
가장 화려했던
—
1분

오후에 잠시 해가 났다. 그늘 속에서 어떤 기억이 걸어 나왔다. 나는 교실 나무의자에 앉아 있고, 검은 테의 안경을 쓴 선생님이 교과서를 말아 쥐고 내 옆에 서 있다. 선생님은 그 학기에 사회주의와 자본주의를 비교하면서 사회주의를 비판하는 단원을 강의하셨는데 어찌 된 일인지 매번 사회주의에 관해 설명하고 나면 학과 시간이 끝나버리곤 했다. 다음 시간에 이어지겠지 하고 생각했지만, 선생님은 지난 시간의 진도를 잊은 듯 곧바로 다음 장으로 넘어갔다.
기억 속의 선생님은 그날 무언가 알아듣기 힘든 얘기를 하며 신음처럼, 무슨 말인가를 거듭 안으로 삼키고 있었다. 우리는 알아듣지 못했고 집중력을 잃은 학생들은 오후의 나른함에 빠져들며 하나둘 졸거나 딴짓을 하기 시작했다. 그리고 어느 순간, 교실 풍경을 둘러보며 내 옆에 책상을 짚고 버티고 섰던 선생님 입에서 그 소리가 흘러나왔다.
"망할 녀석들, 불쌍한 놈들! 차라리 집에서 딸딸이나 칠 일이지!"
그해 봄, 나라에는 긴급조치 9호가 내려져 있었고 우리는 열일곱 살이었다.

미망

열일곱

여의도 국회의사당이 완공되고 더는 교련이나 체육 시간에 의사당 주변의 풀을 뽑으러 다니지 않아도 되었다. 일자형 교사를 마주 보고 차곡차곡 쌓아져 올라가는 아파트의 말뚝 소음이 잦아들고 교정은 핏빛으로 물들어 있었다. Y는 아직도 흥분이 가시지 않은 듯 자못 비장했다. 붕대가 감긴 그의 손을 보면서 나 역시 뜨거운 것이 치밀어 올랐다.
"괜찮겠어?"
Y는 묵묵히 고개를 끄덕였다. 저녁놀을 헤치고 우리가 간 곳은 종로통 뒷골목. 어묵과 순대를 파는 학원가 포장마차에서 주인 아줌마가 양은 공기에 따라주는 소주를 마셨다. 해가 바뀌었지만 국모를 잃은 국민의 울분은 쉬 가라앉지 않고 있었다. 충렬지사들은 연일 조계사로 달려가 단지를 하고 혈서를 썼다. Y도 그 중 하나였다. 우리는 열일곱이었다.

열여덟

종이 울렸는데 어쩐 일로 수업은 시작되지 않았다. 무거운 침묵과 팽팽한 긴장 속에 눈이 감긴 채 교내방송을 청취했다.

"교내에 불온서적이 돌고 있다. 당장 책상 위에 꺼내놓도록. 몰래 소지하다 발각될 시 교칙에 따라 엄중히 처벌함은 물론……."

불온서적은 2학년 네 명, 3학년 여덟 명의 시를 수록한 문예반 시문집 〈藝林 예림〉. 일당은 책자를 몰수당하고 학생부실로 끌려갔다. 돌아가며 심문이 이어졌다.

한 마리의 황새가

두 개의 알을 품었다.

그들은 콩깍지의 완두콩처럼

동시에 깨어 나왔다.

(중략)

두 쌍둥이는 본래 하나였으면

좋았을 것이다.

·· 김OO(3), '한반도' 부분.

"두 개의 알? 쌍둥이? 결국, 남과 북이 같다는 논리잖아!"

"……."

긴 세월을 내려온 그물은

삭아 떨어지기는커녕

피를 빨아먹고 더욱 굵어지고

질겨만 가지요.

자유라니요, 평등이라니요.

글쎄 나는 그들 사이에서 태어난

사생아이니까요.

‥ 안OO(3), '원형의 전설' 부분.

"그물이라고? 피를 빨아? 사생아? 이게 대체 뭘 말하고자 한 거야!"

"……."

부모들은 따로 자기 방에서 살았으나

다툴 때만 만나더라.

당초부터 코 훌쩍 마시고 손톱 갉아 먹던 나라

입이 싼 역적이긴 하나 앵무새는 아닌가 하여

비원 숲의 솔남구 가시 돋친 잎에서 나의 냄새를 맡는다.

‥ 이OO(3), '초고 자화상' 부분.

"부모가 따로 산다고? 뭐가 어째? 다툴 때만 만나? 앵무새가 아니라고? 설명해봐, 이게 뭘 상징하는 거야!"

"……"

고개가 꺾인 채, 우리는 아무것도 할 수 없었다. 우리는 열여덟이었다.

열아홉

겨울방학이 끝나고 학생주임이 부르셨다.

"학교 다니기 싫어?"

"……?"

서류 한 무더기와 책 한 권을 내민다. 교외 활동에 관한 내사자료, 서클 회보와 친구 넷이 만든 동인지.

"회보 이름은 '동지', 시집 제목은 '벙어리'라……."

"그게 아니고, 겨울 '동'에 이를 '지', '冬至'예요. 밤이 가장 길고 차츰 낮이 길어지기 시작하는."

"그게 그 얘기지 않아! 밤은 길고 할 말은 못 한다!"

"열여덟, 그러니까 뭔가 하고 싶은데 할 수 없는, 이를테면 아직은 미숙하다는 뜻에서…"

"출판사 이름은 또 이게 뭐야? 한밤의 소리?"

"그게 아니고 '보이스'사라고 기독교 서적을 전문으로 내는."

"학교 다니기 싫어? 퇴학이야, 퇴학! 다시는 학교 문턱을 넘을 수 없다고!"

"……."

"그리고 이것 봐라, 이 시. 북전노인北田老人? '평양 마나님이 분 대신 똥을 바르셔야 할 때'라고? '코쟁이가 북새 치는 금이 간 땅'이라고? 뭐야, 너? 빨갱이야?"

"그게 아니고…"

"이번 딱 한 번이야. 3학년 올라가면 아무 짓도 하지 마. 고개 숙이고 하늘도 보지 마!"

그렇게 열아홉이 되었다.

스물둘

시위대를 뚫고 시청 근처에 있는 출판사에 먼저 들렀다. 문을 열고 들어서자 마른 체형에 안경을 쓴 사내가 뒷짐을 진 채 창문 밖을 내다보고 있었다. (나중에 알고 보니 오규원 시인이다.)
“광고 동판 받으러 왔는데요?”
“이 사람이? 때가 어느 때라고, 지금 광고 동판이 문제야!”

시청 2층 언론검열단실.

대학신문의 '게라(교정쇄)'를 든 젊은이들이 철제 책상을 사이에 두고 앉아 있는 검열 장교들 앞에서 저마다 열변을 토하고 있다.

"나무속을 헤맨다고? 도대체 무슨 소리야? 해석 좀 해봐!"

"그러니까 그게…"

"나무속이 대체 어디야? 헤매긴 또 왜 헤매?"

스물두 살의 봄, 그런 날들이 이어졌다.

※ 시문집 〈藝林〉과 4인시집 〈벙어리〉는 1976년 겨울에 발간됐다.

전봇대

기골이 장대한 선배 한 분이 있다. 이른바 '학교 전설' 중의 한 명인데, 말로만 전해 듣다 우연히 선배들이 모이는 자리에 나갔다가 정식으로 인사를 나눴다. 세월을 비켜 갈 수 없다지만 육십 가까운 나이에도 불구하고 선배는 전해 들은 그대로 용태가 우뚝하고, 태산이라도 짊어진 듯 기운차 보였다.

삼십여 년 전 어느 날 아침.
퇴계로에서 남산으로 올라가는 언덕길에서 한 청년이 전봇대를 끌어안고 땀을 뻘뻘 흘리며 안간힘을 쓰고 있었다. 해괴한 풍경에 행인이 하나둘 모여들어 빙 둘러싸고 그 모습을 지켜보았다.
"뭐 하는 거지?"
"통행이 불편하다며 전봇대를 뽑아버리겠다고 저런다네."
사람들은 어이가 없었지만, 온몸에 힘줄을 불끈 세우고 죽을힘을 다하는 당자의 태도가 너무 진지해서 쉽게 자리를 뜨지 못했다. 그리고 점차 어떤 알 수 없는 기대감에 빠져들면서 자신도 모르게 손에 힘을 주기도 했다.
그렇게 숨을 죽이고 바라보고 있을 때 지나가던 청년 하나가 불쑥 끼어들면서 구경꾼들을 향해 호통을 쳤다.
"아니, 이 사람들이? 저 친구 혼자 저렇게 애를 쓰는데 도와주지 않고 도대체 뭣들 하는 거요!"

깊은 뜻

“도대체 그 친구 왜 그 모양인지 모르겠어!”
“참아. 나이가 들면 철이 들겠지, 뭐.”
“철은 무슨, 나이 들면 망령 들지 철이 드니!”
푸릇푸릇했던 시절,
“그래. 세상은 한꺼번에 다 가르쳐주지 않아. 세월이 흐르고 나이가 들면 조금은 현명해지겠지.”
했다. 헛된 바램이었다. 그때 보았던 세상이 훨씬 선명하다.

스무 살 무렵 한 살 아래 친구에게 바둑수업을 받았다. 그는 한국기원 원생 출신으로 바둑과 미술 사이에서 고민하다가 결국 미술 쪽을 택했다. 가끔 기원을 돌며 꾼들과 내기바둑을 두었고, 돈푼이나 벌어와 낄낄대며 탕수육과 고량주를 사주곤 했다.
나한테는 넉 점, 다섯 점, 여섯 점을 접어주었다. 그런데 어떻게 둬도 꼭 한두 집 지고 마는 것이다. 하수인 내가 기풍 운운하는 건 말도 안 되지만 그의 바둑은 도대체 강한 구석이 없어 보였다. 찌르거나 완력을 쓰거나 위협을 가하는 법이 없었다. 어찌 한 번 이겨보려고 씩씩대는 나를 보고 그가 웃었다.
“형, 자라는 새싹을 싹둑 잘라버릴 순 없잖아?”
아아, 그는 내가 생각하는 것보다 훨씬 고수였던 것이다. 바둑판을 초토화할 수 있었음에도 한두 집 정도에서 끝내준 데는 그런 깊은 뜻이 있었던 것이다.

야행

대통령이 총 맞아 죽고 군사 반란이 일어났던 그해, 삼치구이와 막걸리가 유명한 모 여대 앞 골목 주점에서 미술을 전공하는 친구들과 자주 어울렸다. 담배 연기가 주점 안을 안개처럼 휘감고, 더러 소리를 지르고 더러 흐느끼고 한숨을 내쉬고 깔깔대기도 하면서 하루하루가 불길하게 흘러가고 있었다.

"형, 밤길 걸어 본 적 있어요? 알몸으로…"

후배가 물었다. 그는 대학에서 도조를 공부하면서 골목 주점 인근에 친구 몇과 화실을 열고 있었다.

"벌거벗고… 화실 친구들하고 옥상에 누워 하늘을 보다가… 통금 되고 난 다음 거리로 나갔어요."

"춥잖아! 왜?"

머리카락을 늘어뜨리고, 목을 꺾고, 유령처럼, 적막한 밤거리를 헤매고 있는 벌거벗은 청춘들을 떠올리며 고개를 저었다.

"느낌이… 달라요. 느낌이…"

반짝, 흐릿하던 후배의 눈동자가 빛을 냈다.

멀쩡한 집을 놔두고 삼양동 골짜기 관짝 같은 자취방에서 겨울을 나고 있었다. 어느 날, 선배를 따라 미래의 건축가들이 공동으로 기거하고 있는 보문동 근처 작업실을 방문했다. 인사를 나누고 시국에 관해 논쟁을 벌이다 보니 저녁 시간이 되었다. 양은으로 된 세숫대야에 밥을 비벼 낸 후 대여섯이 둘러앉아 퍼먹기 시작하는데 다들 숟가락질이 얼마나 빠르던지 몇 숟갈 입에 넣지 못했다. 술판이 이어졌다. 통금이 되어 끼어 자다가 극심한 통증에 잠에서 깨어났다. 빈대였다. 얼굴이며 팔등이며 성한 곳이 없었다. 새벽 네 시, 통금이 해제되자마자 치를 떨며 작업실을 빠져나왔다. 인근 공원을 잠시 배회하다 미아리고개를 넘어 겨우 자취방에 도착했다. 개학과 서울의 봄과 '오월'이 저 앞에 닥쳐오고 있었다. 그때, 시멘트 블록 한 장을 떼어낸 자리가 창의 전부였던 그 캄캄한 방에서 이렇게 썼다.

야생마를 잡아탈 것, 해를 바라볼 것, 햇빛 속으로 말을 놓아주고…/ 그다음에 말을 찾아 떠나라, 걸어서 또는 말을 타고.

·· *'말'의 앞부분*

산딸나무
—
꽃을
—
보았다

1981년부터 20사단의 한 여단 본부에서 정훈병으로 군 복무를 했다. 당시 여단장은 광주 진압군 출신 함 모 대령이었다. 전역을 한 달 앞둔 정훈과 사수와 경비소대장이었던 모 중사가 광주 진입 당시 이야기를 해주었다.

그해, 여단 본부는 신촌 모 대학에 주둔하고 있었다. 어느 날 비상이 걸렸고 완전군장(전쟁에 투입될 때의 군장)을 한 채 용산역에 집결했다. 일체의 정보가 차단되었다. 국내 정세에 관한 일방적 교육에 세뇌된 병사들은 마침내 전쟁이 터진 것으로 생각했다. 용산역은 아비규환이었다. 여기저기서 병사들의 흐느낌 소리가 들려왔다. 병사들은 급하게 휘갈겨 쓴 편지를 철로의 조약돌에 묶어 역사 밖으로 내던지기도 했다. 탑승한 열차에는 밖을 내다볼 수 없도록 검은 장막이 드리워졌다. 혼란 중에 누군가의 연막탄이 터져 열차 안은 한순간 아수라장이 되었다. 가슴이 터질 것 같은 공포 속에 마침내 열차가 움직이기 시작했다. 병사들의 흐느낌이 높아졌다. 사수는 서울 출신이었다. 어두침침한 장막 속에서 실낱같은 희망을 품고 열차의 방향을 가늠했다. 북인가, 남인가? 잠시 후, 철컥철컥! 사수는 한강 철교를 지나는 소리임을 직감했고 비로소 안도의 한숨을 내쉬었다. 전쟁은 아니다. 전쟁이라고 해도 전방은 아니다!

광주 외곽에 주둔했다. 야밤에 산을 넘는데 병사들은 겁에 질려 있었다. 의지할 것은 단 하나, 서툰 산악행군에 이리 넘어지고 저리 넘어지면서도 모두 소총을 굳게 쥐고 있었다. 숙영지를 정하고 경비소대장 등이 인근 국밥집을 찾았다. 식당에 들어서자 놀란 국밥집 주인이 방으로 뛰어 들어가 문을 걸어 잠갔다. 식사할 수 있냐고 묻자 알아서 챙겨 먹으란다. '경상도 군인들이 전라도 씨를 말리러 왔다'는 소문이 흉흉하게 나돌고 있을 때였다. 소대장은 전남이 고향이었다. 문틈으로 주민증을 밀어 넣자 비로소 식당 주인이 나와 밥상을 차려 주었다.

도시가 봉쇄되었을 때, 시를 쓰는 김 선배가 혈혈단신 광주로 잠입했다. 선배는 TV 탐사프로그램의 작가로 활동하고 있었다. 남보다 많은 정보를 접했고, 사태의 위중함을 알고 고향인 광주로 뛰어든 것이다. 많은 이들이 도시를 빠져나오고 있을 때였다.

나는, 굳게 잠긴 교문 밖을 배회하며 막연한 불안에 젖어 들었을 뿐 그 며칠 후에 일어난 일의 진상을 한동안 알지 못했다. 그리고 그것, 당대에, 내 눈앞에서 일어난 일을 직시하지 못했다는 그 사실은, 치유할 수 없는 상처가 되었고 마음 깊은 곳에 공포로 굳어졌다.
시를 써 놓고 스스로 울컥하는 때가 있다. 나에겐 다음과 같은 시다.

산딸나무에도 꽃이 핀다.
산딸나무 꽃을 본 사람은 많지 않다.
나뭇잎에 가려진 채
하늘을 향해 피기 때문이다.
하지만 나는 산딸나무 꽃을 보았다.
산딸나무 꽃을 보았다고 만천하에 고했다.
산딸나무 꽃을 정말로 본 사람은 많지 않다.
산딸나무는 키가 크고
산딸나무 꽃은 산딸나무 꼭대기에 피기 때문이다.
하지만 나는 산딸나무 꽃을 보았다.
여름 내내 이 층 창문에 기대어
별 무리가 내려앉은 듯 흐드러지게 피어 있는
산딸나무 꽃을 보았다.

·· '산딸나무 꽃을 보았다' 전문

복원

사진첩을 정리하다가 오래전 흑백사진 한 장에 눈길이 갔다. 사진의 배경과 사진 속 젊은 처자의 옷차림으로 보아 언뜻 겨울에서 봄으로 넘어가는 계절, 바로 이때쯤이 아닐까 싶었는데 아내의 꼼꼼한 기록 덕분에 기억이 확연해졌다. 사진과 함께 〈아신역에서 그대가. 졸도! 82.4.5〉라는 자그마한 쪽지가 발견되었기 때문이다. 그랬다. 아내의 메모대로 이 사진은 30여 년 전인 82년 4월 5일 아신역에서 내가 찍은 것이다. 당시 나는 양평군 옥천면에서 졸병 생활을 하고 있었다. 그날 그녀가 면회를 왔고, 짧은 만남 뒤에 청량리행 열차에 태워 보내기 위해 배웅을 나갔다가 이 사진을 찍어 남긴 것이다. 기억이 분명해지면서 메모 속의 〈졸도!〉라는 단어와 함께 지난 기억들이 밀려왔다.

무슨 일이었는지 그날은 공식적인 외출이 금지되어 있었다. 우리는 위병소 옆 면회실에서 짧게 만났다. 그런 다음 바로 헤어져야 했다. 하지만 정훈병인 나는 평소 아침저녁 자전거를 타고 아신역에 배달되는 우리 여단 몫의 전우신문과 여타 일간지들을 수발하러 다녔으므로 이를 핑계로 역까지 배웅할 수 있었고 사진은 그때 찍은 것이다.
일이 터진 것은 귀대하고 얼마 지나지 않아서였다. 마침 그날 밤 영화상영이 계획되어 있어 영사기며 필름이며 전선들을 챙기고 있는데 위병소에서 정훈실로 급한 전화가 걸려왔다. 열차를 기다리던 그녀가 갑자기 쓰러져 정신을 잃었고, 역무원에게 발견되어 급한 대로 역 앞 여인숙으로 옮겨져 누워 있다는 것이다.
놀란 나는 일직사령에게 달려가 상황을 설명했고 우여곡절 끝에 가까스로 외출 허락을 받아냈다. 문제는 저녁에 예정된 영화상영인데, 상관인 정훈하사에게 보고를 하고 대신 영화를 틀어달라고 부탁했다. 하지만 웬걸, 부탁을 들어주기는커녕 일직사령한테 어렵게 얻어낸 외출마저 막아섰다. 일직사령이 허락했다 해도 부처의 상관으로서 외출은 절대 불가라는 것이다.
그날 저녁, 영화상영 내내 애간장이 새카맣게 타들어 갔다. 어찌 안 그렇겠는가. 사내 하나 믿고 먼 길 달려온 처자가 갑작스레 병을 얻어 낯선 여인숙에 홀로 누워 있으니… 막막한 심정에 나도 모르게 눈물을 보였던 것 같다. 평소 가까이 지내던 분대장 한 명이 사정을 알고 안타까워했다.
"이 일병, 필름 한 롤이 삼사십 분 돌아가잖아? 다음 롤 틀어 놓고 자전거 타고 달려가서 잠깐이라도 들여다보고 오는 게 어때?"

(여기서 잠시 암전. 기억이 분명치 않다. 그의 말대로 잠시 다녀왔던가? 아니, 그러지 못했던 것 같기도 하고… 긴가민가하면서도 내 기억은 별빛 쏟아지는 들판의 밤공기를 가르며 페달을 밟고 달려가는 모습을 그려내고 있다. 해서 좀 더 시간이 흐르면 이 장면은 기정사실이 될지도 모른다. 논리적으로나 감성적으로 그랬을 법하니까.)

그날 내가 틀었던 영화는 상영시간이 세 시간 가까운 <패튼대전차군단>이었다. 이 기억은 분명하고, 따라서 아직도 이 영화에 관한 감정이 좋지 못하다. 털털털 영사기 돌아가는 소리가 귀에 들리는 듯하다. 그래, 에이키(EIKI)…! 당시 내가 돌리던 구닥다리 영사기 이름이 그랬다.

(덩달아… 이 덩치만 크고 성능은 별로였던 영사기를 둘러매고 눈 쌓인 용문산 오지마을로 대민 봉사를 나갔던 기억이 떠오른다. 몇 가구 안 되는 주민들을 모아놓고 무슨 영화를 틀고, 헌병대에서 만든 무슨 계몽 슬라이드를 보여주었는데 이것 역시 그 내용은 떠오르지 않고 기억의 뼈대만 남아있다. 또 하나, 나의 선임은 1980년 군인들이 대학 구내까지 진입했을 때 신촌 모 대학에 주둔하고 있다가 이 영사기를 메고 5.18 민주화 운동 때 광주로 내려갔다고 한다. 그때의 일화 몇 가지가 지금도 인상 깊게 뇌리에 박혀 있고, 마치 내가 그랬던 듯 생생하게 떠오른다. 이것은 곧 남의 기억을 나의 기억으로 복원하는 행위다.)

영화상영이 끝나고 장비들을 챙기고 났을 때는 밤 열한 시가 되어가고 있었다. 가슴이 타들어 갈 대로 타들어 간 나는 다시 한번 일직사령의 허락을 구하고 행정반으로 달려가 외출증을 끊은 다음 마음을 단단히 먹고 정훈하사를 찾았다. 그는 장기 하사로서 아직 영내 거주를 하고 있었으므로 내무반에 있을 터였다.

"취침 전에 김 병장하고 한잔하고 잠들었는데… 깨울까?"

불침번 말에 잘됐다 싶어 앞뒤 잴 것도 없이 그 길로 돌아 나와 자전거 페달을 밟았다.

(사실을 말하자면, 이 대목 역시 분명치가 않다. 하지만 내가 늦은 밤에 그녀한테 달려간 것은 사실이다.)

ㅁ자형의 허름한 여인숙, 방마다 따로 놓인 손바닥만 한 툇마루, 거기 놓인 단화 한 켤레, 누릇한 문창호지 사이로 흘러나오는 흐릿한 백열등 불빛, 애틋한 그리움을 안고 낯선 고을까지 찾아왔다 쓰러져 낯선 밤을 혼자 견딘 핼쑥한 처자… 젊은 연인의 그 먹먹한 밤은 그러나 오래가지 못했다.

"이 일병! 이 일병!"

정훈하사였다.

(체포되다시피 부대로 불려 들어간 이후의 기억은 드문드문하다.)

귀대한 정훈하사와 나는 내무반으로 가지 않고 정훈실로 갔다. 거기서 정훈하사가 심하게 훈계를 했고 내가 대들었던 것 같다.

자다 깬 정훈하사는 내가 외출했다는 말에 어쩌면 탈영을 할지도 모른다고 생각했단다. 그래서 그 야밤에 여인숙으로 나를 찾으러 왔던 것이다. 나는 외출 불가라는 정훈하사의 명령에 이의를 제기했다. 빰을 얻어맞았고, 격분하여 그를 밀쳤고, 나중에 안 일이지만 그때 그는 철제 의자 모서리에 정강이를 다쳤는데 그 치료가 꽤 오래갔다고 한다.

다음 장면은 내무반. 악이 받친 졸병과 단둘이 있는 것에 부담을 느낀 정훈하사가 내무반으로 자리를 옮겼다. 그런 다음 계급사회의 질서를 내세우며 본격적으로 구타를 시작했다. 구타는 다음 날 아침까지 이어졌다. 나는 병사들이 깨지 않게 입안으로 비명을 삼켜야 했다. 내가 인내했다기보다는 구타자의 명령이 그랬다.

아침 일곱 시쯤 잠시 구타가 멈췄다. 아신역으로 신문을 수발하러 갈 시간이었다. 자전거를 타고 아신역으로 달려갔다. 여인숙부터 들러 주인에게 어젯밤 홀로 남겨 둔 처자의 안부를 물었다. 새벽 여섯 시쯤 열차를 탔단다. 그 말에 이제 무서울 게 없다고 생각했다.

신문을 수발하고 돌아와 대대별 발송함에 분류해 넣은 다음 내무반으로 돌아오니 다시 구타가 시작되었다. 아홉 시. 간부들이 출근하기 시작하자 비로소 구타는 끝났고, 이번에는 40킬로그램짜리 모래주머니를 지고 연병장을 돌란다. 해서 그리하는데 마침 정훈장교가 출근길에 보고 불러 사정을 물은 뒤 그만두도록 하였다. 정훈장교에게 밤사이의 일을 얘기하지는 않았다. 그저 명령

불복종으로 기합받는 중이라 했다.

사진과 직접 관련이 있는 기억은 여기까지다. 물론 몇 가지 사소한 기억들이 더 있지만, 이 글에 끼어들 정도는 아니다.
사진을 발견하고 뭔가 해 볼까 하는 생각이 들면서 제일 먼저 떠오른 것이 사진에 박아 넣은 〈아신리에서〉다. 이 작품은 사건이 있은 지 일 년쯤 뒤에 지어진 것이다. 사진이 말하고 있는 그날의 사건과 감정 그리고 이후 여러 번 반복된 만남과 이별이 버무려진 결과물일 터이다. 많은 부분 감해지고 변용이 되었기 때문에 어떤 면에서는 전혀 다른 물건이라고 할 수도 있다. 하지만 전혀 낯설지 않다. 사진을 발견하기 전까지 긴 세월 동안 나는 이 작품을 통해 그날의 일들을 기억해내곤 했다.
재미있는 것은 사진을 편집하면서다. 손바닥만 한 사진을 스캔받고 오래된 흔적들을 제거한 후 시를 앉히려는데 자리가 마땅치 않았다. 이리저리 옮겨보는데 인물이나 배경의 어두운 부분에 겹쳐져 글씨가 잘 보이지 않는 것이다. 해서 사진을 변형시켜 보기로 했다. 인물의 좌·우측 배경을 옆으로 당겨 늘리고 인물 위쪽 배경 역시 잡아당겨 글이 들어갈 공간을 확보했다. 그렇게, 사진은 편의 또는 미적 관점이나 용도에 의해 변용이 되었다. 그러나 달라진 것은 없다. 그것이 말하고자 하는 모든 것을 그대로 담고 있다.

역사 목책 너머 그대를 보냈다.

덥게 쏟아지는 폭설 속

더러는 참새와 함께 돌아서던

그 앞.

고개 꺾고,

나무들은 흐린 강물 속에 있다.

어디쯤일까?

아신리 들판의 느린 겨울을 가로질러

야간열차 차창 너머 흔들리는 어깨와

발목이 보고 싶었다.

저린 허리 근처

주독이 오른 가슴뼈를 악수처럼 나누면서

눈보다 질긴,

그림자 하나 달고 싶었다.

·· '아신리에서' 전문

눈

눈이 오고 있다. 눈은 언제 치워야 할까? 눈이 그친 뒤?

양평에서 졸병 생활을 하던 어느 겨울에 밤새 큰 눈이 내렸다. 새벽 여섯 시 기상나팔 소리와 함께 모두 삽이며 빗자루며 넉가래며 장비들을 들고나와 부대 안팎에 쌓인 눈을 치우고 있는데 평소 아홉 시쯤 출근하던 여단장이 갑자기 들이닥쳐 불같이 화를 냈고, 급기야 부처별 '집합'이 이뤄졌다.

영관급인 인사 정보 작전 군수 등 참모들이 앞줄에 서고 그 뒤에 소속 장교 부사관 사병 순으로 늘어서 부동자세를 취했다. 여단장은 6·25 때 눈 속에 갇혀 전멸한 어떤 전투 얘기를 하며 앞줄에 선 참모들의 정강이를 걷어차기 시작했다. 참모들이 주저앉으면 이번엔 지휘봉으로 뒷자리에 서 있는 장교들의 명치를 쑤시거나 머리를 후려쳤다. 나는 정훈사병이었다. 정훈과는 정훈장교와 나 단둘이었다. 정훈장교가 정강이를 얻어맞고 쓰러지자 여단장이 지휘봉으로 날 내려치려다 말고 돌아섰다.

그다음부터 눈이 내리면 전 부대원이 낮이고 밤이고 벌떡 일어나 눈을 쓸었다. 순번제로 돌아가는 야간근무로 가뜩이나 잠이 부족한데 새벽 두 시고 세 시고 내리는 눈을 흠뻑 맞아가며 빗자루질을 하고 또 해야 하니 부대원들 모두 죽을 지경이었다.

"제길, 그치고 나서 치우면 좀 좋아!"

마음속 상념처럼… 눈이 제법 내려 쌓인다. 곧 그칠 듯싶은데 어쩔까 하다가 한바탕 빗자루질을 하고 들어왔다.

세번째 이야기

사랑에 관한 문장

“

사랑과 이해는 저 아래 깊은 곳에 있고 비애와 분노와 절망은 가장 앞에, 얕은 곳에서 일상을 지배한다.

”

사랑에 — 관한 — 문장

사랑은 왜 질투에서 벗어나지 못할까요? 왜 증오와 분노를 동반하는 걸까요? 그 사랑의 순도를 의심하거나 부인한다면 대답하지 마세요. 종교적 사랑이나 마음에 담아둔 사랑, 얻지 못했거나 이미 지나가 버린 사랑, 그래서 마음 한구석에 흔적이나 신념으로만 남아 있는 사랑을 염두에 두고 있다면 대답하지 마세요. 아세요? 어딘가 세상의 모든 사랑을 지배하는 신이 존재하고, 그 신의 뜰에는 한 그루 나무가 자라고 있어요. 나무에는 수만 가지 색깔의 과일이 매달려 있지요. 그 과일이 바로 사랑이에요. 수만 가지 사랑이지요. 우리는 그중에서 하나를 선택하게 되는데, 그렇게 선택한 사랑을 '모든' 사랑으로 받아들이며 사는 거예요. 우리는 많은 것 중에 하나만, 단 하나만 선택할 수 있어요. 그리고 그렇게 선택한 것이 바로 자신의 삶이고 인생이에요. 전 내가 선택한 그 사랑에 관해 이야기하고 있는 거예요.

Snow on the mountain

후배 1=여. 쉰셋. 드라마작가. 비혼.

후배 2=남. 마흔아홉. 시인. 비혼.

후배 3=여. 마흔아홉. 소설가. 재혼.

얼마 전 식사를 마치고 수다를 떠는데 '연애' 얘기가 나왔다. 결혼 생각은 있느냐, 외롭지 않으냐, 애인은 있느냐 후배 1, 2에 초점이 맞춰지다가 어느 순간 나에게 시선이 모였다.

나 : 글쎄, 연애나 사랑이라는 거, 이제 그런 걸 하면 불륜이라고 하겠지만, 그걸로 오랫동안 안고 살아온 문제를 해결할 수 있다면 생각해 볼 수도 있겠지.

(잠시 침묵)

후배2 : 형님, 제가 좋은 곳을 알고 있는데

나 : …?

후배2 : 인도 어디에 각국에서 모인 수행자들이 공동생활을 하는 곳이 있거든요. 두세 달쯤 거기 머물면서…

집을 나서는데 설악초(Snow on the mountain)가 만발했다. 아내가 보고 반해 몇 그루 옮겨다 심었는데 씨앗이 퍼져 동네방네 지천이다. 사무실 보강공사 하러 온 일꾼들과 낮술 한잔하고, '눈' '연애'라는 단어와 함께 오래전에 쓴 이 시가 생각났다.

아무리 퍼내도
눈발이 분분한 초소엔 자리 하나 나지 않는다.

나를 흔들어다오.

쓰일 곳 없이
사랑을 고백하는 저녁 강.
언덕을 끼고
엿보이는 늑골 사이로 밤 기차는 흘러가고
무장한 새들이 지키는 풀이파리
잠시 쓸쓸하다.

암구호가 생각나지 않는다.

··'입초' 전문

1981년부터 1984년까지 양평에서 군 생활을 했다. 그녀는 백 번 쯤 면회를 왔고, 젊은 연인은 만남과 이별을 되풀이했다.

군사우편

아내는 옛날 편지를 빠짐없이 모아두었다.
"이때 주고받은 편지를 책으로 엮으면 어떨까?"
"그럴까? 두 권 만들어서 한 권은 간직하고 한 권은 물려주고."
싱거운 반응에 아내가 고개를 저었다.

—

산에 사람들이 모였다. 흰옷 입은 그들, 누군가의 주검을 묻고 있다. 첫눈에 나른한 비애와 환열을 알아보고 공기에 묻어 날리는 한 사내의 냄새를 맡았다. 흰 연기가 한줄기 피어오른다. 죽음이 주는 격정이란 때로 얼마나 정결한 것인가? 신비하다. 초봄의 선선한 대기, 감미로운 햇빛, 그 속을 걸어 사라지는 사내의 뒷모습, 풀빛은 이제 산에 묻힌 사내의 생애만큼 더 깊어질 것이다. 봉분을 짓고 내려오는 조객들을 보며 낯선 생을 추억한다. 나고 자라 늙고 병들어 잠들었으니…….
삶이란 무엇일까? 누가 누굴 묻은 것일까? 저마다 조금씩, 생을 암장하고 돌아서는 사람들… 보이는지? 이 느낌을 만질 수 있겠는지? 그대는 아직 도착하지 않는다. 햇빛 속을 거니는 이들의 모습이 흐려진다. 저 햇빛을 등에 지고 그대는 오겠지. 4월의 노래를 흥얼대며 잠시 거닌다. 빛나는 계절의 화려한 슬픔을 경험한다. 까닭 없는 비애를 그대도 느끼는지? 낮은 해가 높아지고, 그대는 여전히 도착하지 않는다. 안녕, 그리운 사람.

—

그대와의 날들은 흘러가고

들판은 또 가을이네.

누군가의 노래를 흉내 낸다. 주위를 둘러보면 많은 이들이 이별병을 앓고 있다. 그들은 대개 혼자서 그 괴로움을 견딘다. 에고와 마조히즘이 적당히 한몫하고 있지 않나 싶다. 같은 생각인 듯 서로 방해하지 않고 피해 다닌다. 마음껏 슬퍼하고 마음껏 자책하며 괴로워하라고.
그대를 보낸 후 줄곧 무언가 하지 못했던 말을 기억해내려고 애쓰고 있다. 하지만 정신은 몽롱하고 아무것도 생각나지 않는다. 나는 잘 들어왔고 평소와 다름없이 생활하고 있다. 일 년째 반복되고 있는 만남과 이별… 만남은 늘 안타깝고 이별의 순간은 졸지에 들이닥쳐 나를 당혹하게 했다. 그대를 버스 안으로 밀어 넣고 겁먹은 어린애처럼 어찌할 바를 모르는 것이다. 단 몇 분이라도 이별을 미루고자 쩔쩔매고 있을 때 그대 어깨가 차창 안에서 흔들렸다. 반사적으로 들어 올린 손을 남의 것인 양 바라보며 무슨 생각을 했던가! 나는 여전히 어린 듯싶다. 감성의 견고함이 생의 적막한 요소들을 잠재울 수 있다고 큰소리쳤다. 어떤 일이 닥

쳐도 나는 살 것이라고, 아파도 곧 회복할 것이라고. 하지만, 그대 앞이 아니어도 그런 장담을 할 수 있었을까?
가끔은 세상이 보이기도 했다. 세상이, 사람이, 내가… 짧은 순간이지만 그 벅찬 기억은 나를 거듭 살게 했다. 그래! 물처럼, 흘러내릴 수도 있지. 무어든 적시고, 서늘할 수도 있지. 하지만 그렇지 않은 시간은 더 많았다. 무겁고 끈끈했다. 아, 나는 너무 잘 상해!

추신:
540일 남았다.

—

오늘 그대의 편지를 한꺼번에 두 통이나 받았다. 그대의 편지는 항상 그대의 생을 생생하게 느낄 수 있어 좋다. 가을을 딛고 가는 그대의 발걸음에 나의 체온이라도 깔아놓을 수 있으면 좋으련만……. 이 가을은 유난히 푸르다. 그래서 그리움도 더 깊은 것일까? 나는 왜 아직 이 가을에 묻히지 못할까?
지난밤, 얼굴에 온통 먹칠을 하고 자그마한 고지를 공격했다. 그리고는 새로 구축한 방어진지를 지키며 밤새도록 초가을의 서리를 흠뻑 가슴에 적셔야 했다. 밤은 길었고 달빛이 교교하게 검은 얼굴들을 타고 흘렀다. 몰래 마신 술기운은 그러나 아무것도 거리끼질 않는다. 몽롱한 눈길을 허공에 날리며 산허리를 베고 누웠다. 풀벌레가 울었다. 언뜻 가면 상태에서 깨어났을 때 풀잎에 가려진 달이 짙은 향기를 뿜어냈다.

가을인가?

그래, 가을이 코앞까지 닥쳤어.

닥쳤다고?

저 소리 들려?

그것참, 알 수 없군. 닥쳤다고?

난 들려. 불타는 혀 속으로 개구리가 말려 들어가고 있어.

개구리라고?

살모사야. 그래, 틀림없고말고.

…….

아무 말도 하지 않았다. 저 멀리 낮 동안 내내 공격했던 고지를 바라보며 다들 무언가 골똘히 생각에 잠겨 있었다. 난 안다. 무엇이 저들 마음속에 내리고 있는지. 어쩌면 저들의 분노와 그리움의 대상마저 알아차릴지 모른다. 그러나 피차 아무 말 하지 않았고, 서로에게서 멀리 떨어져 나가고 있었다.

날이 밝기 시작했다. 다시 공격 지점에 섰다. 소대장은 외친다, 모두 무사하냐고. 모두 응답하지만, 그러나 천만에! 전혀 무사하지 못하다. 나는 알고 있다. 새벽이슬을 차며 풀숲을 빠져나올 때 그대들은 무언가 만났다. 그리고 그것은 그대들이 무사하지 못하게 만들었다. 그대들이 본 것을 나는 자신 있게 말할 수 있다. 나 역시 그걸 봤으니까. 말이 없는, 아아 병정들 나의 전우들!

공격 명령이 떨어졌을 때, 모든 것을 잊고 정상을 향해 뛰었다. 숨이 턱까지 차오르고 눈앞에 무언가 흐릿한 것이 어리고 있음을 느끼면서 오오 이 무모한 병정놀이는 끝났고 산의 정상에서 우리는 서로의 눈 밑을 확인했다.
해가 뜬다. 솟아올라 찬란한 금빛으로 서서히 대지의 살을 어루만지며 사해로 번져 나간다. 안개 위로 우뚝 솟은 수 개의 봉우리에서 감빛 햇살이 흘러내린다.
아침, 이것이었나?
아리고 벅찬, 그러나 꼭 그렇지만은 않은 한숨을 우리는 함께 내쉬었다.
※
길지도 짧지도 않은 훈련을 마치고 아무 상심 없이 이 편지를 쓴다. 여전히 그대가 내 곁에 있듯이 나도 그대에게 있다. 말하자면 우리는 '만나고 있는' 것이다. 그대의 편지는 즐거웠고 오늘 하루의 헤어짐은 우리 생으로부터 영원히 과거가 되었다. 오늘도 나는 이런 말밖에 전하지 못하는구나.

—

모든 자비로운 풍경을 그대에게 보이고 싶다. 눈 내린 들판을 걸으면서 생각했다. '삼포 가는 길'이었던가? 언젠가 본 듯한 너른

들판, 멀리 바람막이 짚단 위에 쌓인 눈은 쉽게 녹아내릴 수 없는 사연을 간직하고 있는 듯하다. 나도 그와 같다.
어느 순간도 무의미하지 않다는 신념을 다잡으며 살아가고 있다. 그러나 내 속에 다른 영혼을 간직하게끔 하는 어떤 힘이 가끔 날 절망시키곤 한다. 나의 일과는 그 절벽을 기어오르거나 뛰어내리는 일.
우리가 만날 수 없는 시간 위에 먹줄을 그으면 그 시간은 깊은 어둠 속으로 소멸한다. 그 어둠을 밝히기 위해 별을 바라본다. 등화관제 속에서 바라보는 별은 크고 밝다. 가끔, 과거에 보지 못했던 것들이 하늘을 가로질러 땅으로 떨어지는 광경을 목격한다. 별똥별, 그 생멸의 순간이 안기는 기다란 느낌을 알고 있는지? 현란하고 수려한, 소박한 영혼들이 세척되는 듯한 감격과 충동들! 이 모든 걸 그대에게 말하고 싶다. 아무에게도 보여주고 싶지 않은 아름다운 순간들, 자비로운 모든 풍경을 그대에게 전하고 싶다.
크리스마스, 연말, 연시… 잘 지내는지. 병영조차 조금은 흥분 상태. 이맘때의 서울 분위기를 상상하며 편지를 쓴다. 친구들과는 어울렸는지, 하던 일은 다 끝냈는지, 건강한지, 명랑한지… 생일 축하한다. 함께하지 못해 미안하다.

참극

그 일이 일어난 것은 이때쯤이다. 그해 그 사건 이후 지금까지, 12월은 내게 혹독하다. 반복되는 비난과 야유, 굴욕적인 자기변명, 실추한 명예와 자존심 회복을 위한 온갖 궁리와 모색 속에 힘든 시간을 버티는 것이다.

아내와 나는 1984년 12월 어느 날 결혼했다. 주례는 소설가 최인훈 선생님. 생각해 보니 마흔 여덟이셨다. 주례는 처음이셨다. 급한 제자 탓에 너무 일찍 업계에 데뷔하신 셈이다. 선생께서는 주례사를 작성(집필?)해 오셔서 장시간 읽으셨는데, 말씀 내내 원고 거머쥔 손을 부르르 떨고 계셨다.

아내의 생일은 음력 동짓달이다. 이것이 양력으로는 결혼기념일 전후가 된다. 결혼이야 저 혼자 한 것이 아니므로 그렇다 치지만 생일이 겹쳐 있으니 빠져나갈 구멍이 없다.

결혼 초부터 갖가지 선물을 해봤지만 한 번도 좋은 소리를 듣지 못했다. TV에서 본 대로 꽃다발을 안겼을 때 비웃음을 샀고, 스카프와 장갑을 샀다가 반품을 당했고, 큰맘 먹고 목걸이하고 귀고리 세트 샀다가 (돈도 없으면서!) 쓸데없는 짓 한다고 야단만 맞았다.

아, 도대체 뭘 사지? 도대체 무슨 선물을 해야 탈 없이 한 해를 마무리하지? 머리카락이 세도록 궁리한 끝에 어느 해인가 드디어 기막힌 생각이 떠올랐다. 부엌에 드나들며 신혼 때 마련한 전기밥솥이 빌빌대는 것을 발견한 것이다.

그해 생일인지 결혼기념일인지, 최신형 전기밥솥을 사 들고 의기양양 귀가한 날, 나의 '만행'은 그 즉시 전국에 중계되었다.

"기가 막혀서! 내가 밥이야? 밥이냐고! 흥, 집구석에서 솥뚜껑이나 운전하라는 거지?"

처와 처의 친구들과 나의 친구들은 물론 동네방네, 일가친척들한테까지… 그렇게 나는 '밥통'이 된 것이다.

하루하루 그날이 다가온다. 이 일을 어찌할 것인가! 어찌 또 면해볼 것인가!

견공소구일대기
犬公素狗一代記

어렵던 시절에 진돗개를 키웠다. 아파트 생활을 청산하고 농가 생활을 시작할 때였다. 마당이 생기면서 제일 먼저 떠오른 생각이 강아지였다. 생후 2개월 된 흰둥이를 데려왔는데 재롱이 보통이 아니어서 낯선 농가 생활에 위안이 되었다.
농가라는 것이 대개 그렇듯이 문단속이고 뭐고 할 것이 없었다. 진돗개 소구, 가족이 집을 비우는 낮 동안 파수꾼 역할을 한 것이 그 녀석이다. 처음엔 놓아 기르다가 덩치가 커지면서 군불을 넣던 작은방 재래식 아궁이 옆에 묶어 키웠다.

새끼를 낳던 날, 아침에 밥그릇을 채워 줬는데 저녁때 돌아와 보니 자로 잰 듯 딱 절반만 먹고 남겨 두었다.
"출산에 대비해 남겨 둔 거야. 혹시라도 주인이 밥을 주지 않으면 젖이 나오지 않을까 봐."
"정말?"
아내도 나도 가슴이 뭉클했다.

집안이 온통 하얘졌다. 새끼 여섯 마리가 이리 뛰고 저리 뛰는 모습을 보며 가슴이 뿌듯했고 어둡던 집안에 모처럼 웃음꽃이 피었다.
하나둘 떠나보내는 데 무심해 보였다. 두 마리가 남았다. 마침내 임자가 나서 내주려는데 눈치를 챈 꼬맹이들이 붙잡히지 않으려고 마당에서 이리저리 도망을 다녔다. 목줄에 매인 소구도 안절부절못하고 끙끙댔지만, 마음을 독하게 먹었다.

어려운 생활이 끝나고 새집을 지어 이사했다. 이삿짐을 모두 옮긴 다음 곧 허물어질 것 같은 빈집을 둘러본 후에 마지막으로 소구를 데리고 나왔다. 목줄을 잡고 철길을 함께 걸으면서 소구에게 말했다.
"자식, 그동안 고생했어!"
개집이 생각보다 많지 않았다. 대개는 소형 애완견용으로 소구에게는 너무 작았다. 며칠 수소문 끝에 덩치에 맞는 집을 겨우 구할 수 있었다. 새집으로 이사를 하여서야 비로소 소구도 제집을 갖게 된 것이다.

"심장사상충입니다."
"사상충이요?"
"1kg당 10만 원, 몸무게가 20kg 정도 나가니까 최소 200만 원은 생각하셔야 합니다. 상태가 위중해서 반드시 회복하리란 장담은 못 하겠고요."
"가족들과 상의한 후에 결정하겠습니다."

집을 나서던 아내가 소리를 질렀다.
"나와 봐요! 소구가 없어졌어요!"
"무슨 말이야? 어, 이렇게 굵은 쇠줄을 어떻게 끊었지?"
멀리까지 나가 찾아보았지만, 소구는 보이지 않았다.
다음날.
퇴근하는 길목에서 소구를 만났다. 길가에 차를 세우고 쫓아갔다. 논으로 산으로 피하며 일정한 거리를 유지한 채 가끔 뒤를 돌아봤다. 그 모습은, '이제 됐으니 더는 쫓아오지 말라'는 듯했다. 그때 비로소 깨달았다. 지난 6년 동안, 소구는 묶여 있었던 것이 아니라 우리 곁에 머물고 있었던 것이다!

3일째 되는 날.
소구가 집 근처에 나타났다. 구석으로 몰아 겨우 붙잡았다. 아니, 내가 붙잡았다기보다 소구 스스로 잡혀준 것이다. 소구는 내 손길을 애써 피하지 않았다.
"이틀 치 강심제를 처방하겠습니다. 기력을 찾으면 그때부터 치료를 시작하지요."

"알겠습니다."
약을 타 들고 집으로 돌아왔다.

"다녀올게, 소구."
"소구, 기운 내. 밥 잘 먹고!"
집안에만 웅크리고 있던 소구가 웬일로 꼬리를 흔들며 아내와 아들을 배웅했다. 한발 늦게 출근하며 상태를 살피는데 눈빛이 이상했다. 그 눈빛! 공허하고 절망적인, 신뢰와 배려와, 어쩌면 알 것도 같은 애원이 깊게 담겨 있는…! 가슴이 덜컥 내려앉았다.
"왜 그래 소구? 많이 아파?"
품에 안긴 소구가 한차례 몸을 떨더니 어찌해볼 틈도 없이 눈을 감았다.

"소구… 갔어. 조금 전에."
짧은 침묵 끝에, 전화기 너머, 아내의 비명이 울렸다.
"소구, 죽었다."
아들은 끝내 아무 말도 하지 않았다.

포대에 담아 끈으로 여몄다. 자전거에 싣고 이곳저곳 헤매다 근처 야산 덤불 속에 소구를 묻었다. 십 년 전 이맘때 일이다. 훗날, "진돗개 소구—/ 네 발로 걷고/ 밥 앞에 순종하고/ 어둠에 맞서 물러난 적 없으니/ 그 삶은 정의롭고/ 그 죽음은 찬란하다."라고 나는 썼다.

여인과 싸워 이기는 법

주먹다짐? 아니, 말싸움 얘기다.

눈도 떠지지 않는 이른 새벽, 2층에서 비명이 울린다.

"으아! 빨리 와봐, 큰일 났어! 어쩜 좋아! 밤 꼬박 새웠는데!"

"(비몽사몽) 왜? 무슨 일인데?"

"컴퓨터 고장 났나 봐! 분명 저장을 했는데 파일이 날아가 버렸어!"

또? 이런… 벌써 몇 번짼가 말이다!

"작업 파일을 바탕화면에 잔뜩 깔아두니까 그렇지! 이게 뭐야. 도떼기시장이 따로 없다니까!"

"도떼기? 밤샘 작업한 거 다 날아갔다는데 지금 나한테 짜증 내는 거야?"

"날아가긴 어딜 가! 파일에 날개 달린 거 봤어? 봐, 여기!"

"어라, 안 날아갔네? 좀 전엔 분명히 날아갔었는데?"

"그러니 뭐랬어. 폴더를 만들라고 폴더를! 이렇게, 〈논문〉〈학사지도〉〈고전이해〉 그리고 이건 뭐야? 〈사고와 표현〉이네. 그럼 〈사표〉, 이렇게 폴더를 만든 다음 파일들을 분류해서 옮겨놓으면 되잖아. 그럼 찾기 쉽잖아. 안 그래? 이해가 돼?"

"그런 걸 내가 어떻게 알아? 지난번에도 내 파일 다 숨겨놓는 바람에 그거 찾느라 얼마나 고생한 줄 알아!"

"숨겼다고? 미치겠네! 봐, 여기 있잖아. 〈바탕화면에 있던 거〉, 오죽하면 폴더 이름을 이렇게 지었겠어? 여기, 다 있지? 그때도 바탕화면이 가득 차서 내가 여기다 옮겨놓은 거잖아. 그러니까 당신은, 말하자면, 현관에다가 온갖 짐을 다 쌓아놓고 사는 거라고!"

"또 그 소리, 지난번에도 했잖아! 자기는 대문짝만한 컴퓨터 쓰면서…"

"그 얘기가 아니지?"

"아니긴 뭐가 아니야? 당신 모니터가 내 것보다 두 배, 세 배는 크잖아!"

"왜? 넓은 화면에 더 많이 쌓아두려고? 참 나, 노트북이란 게 다 이만한 거지. 그 대신 들고 다니기 편하잖아."

"툭 하면 컴퓨터 바꾸고, 밤새 뜯었다 붙였다, 어휴! 도대체 그 시간이며 돈들이 다 어디서 나는지!"

"그 얘기가 아니잖아!"

"됐어! 파일 하나 찾아준 걸 가지고 유세 떨긴…"

"아니, 그러니까 내 말은… (어라, 근데 얘기가 왜 이쪽으로 흘러가지?)"

"됐다니까! 여자가 잘 모르는 것 같으면 이건 이런 거고 저건 저런 거라고 찬찬히 설명해주면 좀 좋아? 꼭두새벽부터 잘난 척은!"

"꼭두새벽에 깨운 게 누군데? 잘난 척?"

"그리고, 비싼 돈 들여서 대문짝만한 컴퓨터 들여놨으면 뭔가 생산적인 일을 해야지 온종일 페이스북이나 들여다보고, 당신 도대체 왜 그래요?"

"내가 뭘? 언제?"

"흥, 모를 줄 알아? 여기, 내 휴대전화에 다 뜬다고!"

"그거야 잠깐씩, 어쩌다가… (횡설수설)"

"좋겠수! 온종일 당신 얘기던데?"

"그거야 당신은 페친이 몇 안 되니까… (아, 이건 좀 고난도인데 어떻게 설명하지?)"

"비겁하게 변명은… 저 쬐끄만 컴퓨터나 고쳐봐요!"

"고치라니? 고장 난 게 아니라 폴더…"

"기사 부르면 되니까 싫으면 마시던지… (아래층으로 휙!)"

"욱!"

대학 입학 후 10년째 객지 생활을 하며 한 달에 한 번 집에 올까 말까 한 아들 녀석이 한다는 말이.

아들 : 아빠, 왜 자꾸 엄마한테 대들어?

나 : 대들다니?

아들 : 따지잖아?

나 : 내가 언제?

아들 : 무조건 잘못했다고 해. 어차피 이기지도 못할 거면서.

이놈이 변했네!

아내와 함께 대전에 내려가 정기 진료받고, 6개월 치 약 타고, 며느리와 점심 하고, 아들하고 병원 로비에서 차 한잔했다. 대전 게이트를 나와 경부선 상행선을 타고 올라오다가 남이분기점에서 중부고속도로로, 대사에서 다시 충주—제천 방향으로 핸들을 꺾었다.

아내 : 앗, 무슨 일이야!

나 : 어디 가서 하룻밤 지내고 들어가려고.

아내 : 미쳤어!

나 : 세면도구 챙겼고, 가스 잠갔고, 까미 밥하고 물하고 여유 있게 줬고, 밤에 집 잘 보라고 얘기도 했어. 아까 잠자리 예약도 마쳤고.

요즘 내가 일한다고 함께 놀아주지 않으니 심심해하는 것 같아서.

황당하지만 싫어하는 기색은 아니다.

그렇게 하룻밤 나가 지내고 돌아오는 길에 '경로 내 마지막 휴게소'에 들렀다. 장시간 운전으로 욱신대는 엉덩이도 풀어주고, 커피 한 잔, 담배 한 대 피우고 얼마 남지 않은 하이패스 충전도 할 겸.

아내 : 커피는 한 잔만 사요. 나눠 마시면 되니까.

나 : 알았어. 아, 하이패스 건전지도 갈아야겠다!

아내 : 웬일이야? 늘 대충대충, 건성건성 하더니 어제오늘 아주

용의주도하네?

영동고속도로 호법 게이트 부근에서 잠깐 한눈을 팔다가 중부고속도로 동서울 방향을 지나쳐 대전 방향으로 들어서 남이천까지 내려갔다 돌아온 거만 빼면 사실 이번 여행은 준비부터 마무리까지 완벽했다.

아메리카노 한 잔을 사서 건네자 한 모금 맛을 보더니 혼잣말을 하는데.

아내 : 아, 달콤해! 이놈이 변했네!

나 : 뭐라고? 이놈?

아내 : …?

나 : 그랬잖아, 이놈이 변했네!

아내 : 내가 언제? 아, 크크. 입맛이 변했냐고. 당신 단 것 싫어하잖아? 커피에 시럽 탄 것 같아서 한 말이지. 내 입에 맞춘 거야? 감동이네! 자기만 알더니.

나 : 예쁜 여자한텐 나도 할 거 다 한다고.

아내 : 그래? (커피를 가리키며) 이놈이 변하긴 변했네!

나 : 욱!

아이가 해준 것

25년 전 사진을 보여주며 내가 말했다.

"이걸로 아이는 할 일을 다 한 거야."

바다를 배경으로 지그시 눈을 감은 아내가 앉아 있고, 발끝을 든 아이가 그 뺨에 입을 맞추고 있다.

아내는 꿈이라도 꾸는 듯,

"아, 간지러워!"

며칠 후 아이의 상견례가 있다.

까치밥과 비단 금침

몇 해 전 추위에 얼어 죽었다, 생각했는데 어느 봄 죽은 가지에서 움이 트더니 새로 가지를 뻗었다. 장하다 싶었지만 열매가 달릴 기색이 없어 실망하던 중 금년 봄에 소식이 왔다. 잎사귀에 파묻혀 노랗게 감꽃이 일어나더니 마침내 열매를 맺기 시작한 것이다. 지난 태풍에 대부분이 떨어지고 반쯤 부러진 가지에 다섯 알만 겨우 매달렸다. 부러진 가지를 대충 묶어주고 틈틈이 살피면서 용케 수확에 이른 것이다. 네 알을 따고 한 알은 남겨 두었다.
나 : 딱 맞네. 우리 둘, 아들하고 까미하고.
아내 : 저건?
나 : 까치밥이잖아.
아내가 웃었다. 가만, 곧 새 식구가 들어올 텐데 마저 따 버릴까?

예단이 왔다. 새 이불을 깔았다. 물끄러미, 아내는 심사가 복잡하다. 문득,
"아, 정말! 할머니가 되어가는 것 같아!"
내 안에서도 잠시 '격동'이 일었다. 뭐랄까. 품고 풀어놓고 떠나보내는, 마치 세 폭 병풍 같은, 아버지와 아들과 나, 접으면 기어이 한 폭이 될, 기다란 판지에 새겨진 어떤 풍경들이 덜컥하고 지나갔다.
"아, 정말! 식구가 하나 늘었네!"
내 말이 아내에게 위로가 될까?

쇼핑

머리 깎는 거 정말 싫어한다. 거울 앞에 앉혀져 가위질당할 때, 그 통제된 무료함을 견디지 못하는 것이다.
예전에 광화문 네거리에 구둣가게 두 곳이 경쟁하고 있었다. 자동차의 시동을 켜둔 채 뛰어가서 구두를 고르고 값을 치르고 자동차로 돌아오기까지 10분도 안 걸렸다.

어제, 아내와 함께 아들 결혼식 때 입을 양복을 사러 갔다.
"이거 어때?"
"좋네."
"이건?"
"좋아."
성격을 아는 아내는 더 권하지 않는다. 그렇게 쇼핑 끝…인 줄 알았는데 웬걸, 살 것이 더 있단다.
"며느리 핸드백하고…"

"핸드백?"

"아들 구두도 사야 하고…"

아, 이런! 핸드백, 게다가 구두라니!

이것 같은 저것과 저것 같은 이것 속을 초주검이 될 때까지 끌려 다니다가 겨우 귀가했다.

작년 유럽 여행 때 파리에서 백화점 구경을 갔다. 세계 여성들이 열광한다는 핸드백 가게 앞을 지나는데 생면부지 프랑스 사내가 도움을 청한다. 여자 친구가 들고 있는 두 개의 핸드백 중 어느 쪽이 좋아 보이냐는 것이다. 여자가 자세를 취해 보였다. 생각하는 척하다가 첫 번째 것을 가리키며 엄지를 치켜세웠다. 여자가 마음을 정하자 신이 난 남자가 (천문학적인) 핸드백값을 재빨리 계산했다. 그리고는 고맙다는 듯 눈을 찡긋하며 손가락 네 개를 펼쳐 보였다. 네 시간 걸렸다는 얘기.

박피

선생님과 이야기를 나누는데 뭔가 좀 어색하다. 송곳니가 빠진 지 얼마 안 되는데 말씀 중에 그 모습을 보이지 않으려고 애를 쓰시는 거다.

“임플란트하자는데 고집이시지 뭐유.”

차를 내오며 사모님이 혀를 차신다.

“능표 씨, 어디 아는 치과 없어요?”

“어허, 또 쓸데없는 소리!”

대꾸할 틈도 없이 벌컥 역정을 내신다.

왜 화를 내시지?

아들 혼인날 잡히고부터 아내가 내 얼굴 가죽을 벗기려 한다.

“점도 빼고 검버섯도 지우고…”

“됐어.”

“흥, 누가 당신 생각해서 그런데? 아들 생각해서 하는 소리지.”

“됐다니까!”

타박에 굴하지 않고 요리조리 살피는데 아무래도 옛날 같지 않은 모양이다.

"아, 너무 많아! 백만 원도 넘게 들겠어!"

"이 나이에 이 얼굴이면 됐지 배우 만들 일 있어?"

"당신, 스킨하고 로션 바르는 거야?"

"냄새나게 그런 걸 왜 발라?"

"아휴, 그럴 줄 알았다니까! 화장품 사놓은 지가 언젠데 줄지를 않더라니!"

잔소리 피해 화장실에 앉았다 일어나 거울을 보니 아내를 처음 만났던 스무 살 무렵과 쪼끔 다르긴 하다. 그런데? 그래서 어쩌라고? 볼멘소리를 내보는데 문득, 뭔지 모르겠지만, 막막하고 억울한 생각이 들긴 한다. 곳곳에 퍼진 점들, 면적을 넓혀가는 검버섯… 에이, 눈 딱 감고 박핀지 뭔지 한 번 해봐? 아니야. 그런다고 달라져? 먹은 나이 토해낼 수도 없고, 예쁘게 보일 일도 없고… 근데… 눈 밑에 있는 점, 눈물점이라니 저건 빼야 하지 않을까?

마지막 교훈

나 : 고기는 반드시 네가 굽도록 해라.

아들 : 네. 아버지.

그러면서 아들과 나와 아내는 한바탕 웃었다. 30여 년 전 신혼여행 첫날 저녁, 제주도 어느 음식점에서 아내와 말다툼을 했다.

아내 : 밖에서는 남자가 굽는 거야.

나 : 아무나 구우면 되지 그런 말이 어디 있어?

아내 : 남자가 굽는 거라니까!

나 : 꼭 그래야 하는 건 아니지!

그렇게 말다툼이 시작돼 혼인 후 첫 전투가 치러졌고, 그 영향이었는지 신혼여행에서 돌아와 신혼집에 도착한 첫날 아랫집과 층간소음 문제로 싸움이 붙어 아래윗집 두 쌍의 부부가 밤길을 걸어 파출소에 가서 법의 심판을 구하는 일까지 발생했다.

어제, 아들이 신혼여행을 떠났다. 그러니까,

"고기는 반드시 네가 굽도록 해라."

그 말은 결혼 전 아들에게 준 마지막 교훈인 셈이다.

오래전 시작했다가 묻어둔 동화 속에 아들의 어린 시절 모습이 담겨 있다. 다음은 그중 한 대목이다.

#

내일이면 동네 유치원이 일제히 입학식을 하는 날이었습니다. 나는 비로소 나한테 큰일이 닥친 것을 깨달았습니다. 아빠 엄마는 나를 유치원에 보낼 생각이 없으셨던 것입니다.

나는 잠을 이루지 못했습니다.

'이제 난 어떻게 되는 거지? 누구랑 놀지? 남들처럼 유치원도 못 가고, 이담에 커서 뭐가 되지?'

여러 가지 생각이 한꺼번에 밀려왔습니다.

겁이 났습니다.

가슴이 아프고 눈물이 났습니다.

억울하고 분했습니다.

그러면서도 아빠 엄마가 나를 유치원에 보내지 않는 진짜 이유가 궁금했습니다.

'미워서? 그래서 유치원에 보내지 않는 걸까?'

지난 일들을 곰곰이 생각해 보았습니다.

말썽 피운 적 있나?

잘못한 적 있나?

잘 생각나지 않았습니다.

아니, 솔직히 말해 몇 가지 생각이 났습니다.

두 살 때인가 세 살 때인가, 아빠 바둑알을 가지고 놀고 있을 때 엄마가 화가 잔뜩 나서 바둑통을 빼앗아 집어던졌습니다. 방안 가득 바둑알들이 쏟아졌고, 엄마가 그렇게 심하게 화내는 모습을 처음 본 나는 너무 놀란 나머지 발버둥을 치며 서럽게 울었습니다.
다음은, 말을 할 줄 알게 되고 나서 얼마 안 되었을 때 일입니다. 그때는 전화기가 제일로 신기하고 재미있었습니다. 따르릉 소리가 나면 엄마가 쪼르르 달려오셨습니다. 그런 다음 수화기를 들고,
"여보세요. 햇살이네 집인데요."
하시며 한참 동안 누군가와 얘기를 나누셨습니다.
'도대체 누구랑 말하는 거야?'
정말 이상한 일이 아닐 수 없었습니다. 나한테 하는 얘기는 분명 아니고, 누구랑 한참 얘기를 하다가,
"그럼 안녕히 계세요."
하고는 수화기를 내려놓습니다. 그리고 아무 일 없었다는 듯 딴청을 피우시니 말입니다.
어느 날 따르릉 하고 전화가 왔는데 엄마는 마침 집에 계시지 않았습니다. 그동안 기회가 오기만을 기다리고 있었던 나는 재빨리 수화기를 집어 들었습니다. 그리고는,
"안녕하세요. 햇살이네 집인데요. 그럼 안녕히 계세요."
하고 수화기를 내려놓았습니다.
그러자 또 따르릉 하는 소리가 났습니다. 나는 재빨리,
"안녕하세요. 햇살이네 집인데요. 그럼 안녕히 계세요."
하고 다시 수화기를 내려놓았습니다. 그러자 이번에는 따르릉 소리가 더 빨리, 그리고 더 크게 울렸습니다.
더럭 겁이 났습니다.
'전화기가 화났나?'

따르릉!

따르릉—!

소리는 점점 더 커졌습니다. 나는 너무 놀랍고 겁이 나서 울음을 터뜨렸습니다. 하지만 아무 소용이 없었습니다. 악을 쓰고 울어 댔지만 따르릉 소리는 그치지 않았습니다.

화가 치밀었습니다. 나는 신발장 옆에 세워둔 우산을 들고 달려와 전화기를 힘껏 내리쳤습니다. 그리고는 반쯤 우는 목소리로 고래고래 소리를 질렀습니다.

"그만! 인제 그만하란 말이야! 안녕히 계시라고 했잖아!"

얼마나 겁이 나고, 얼마나 화가 나고, 그래서 얼마나 세게 내리쳤든지 전화기는 산산조각이 났습니다.

그리고 그날 저녁, 나는 태어나서 처음으로 아빠한테 회초리를 맞았습니다. 아무리 설명을 해도 엄마는 내 말을 들어 주지 않았습니다. 그리고는 아무것도 모르는 아빠한테 나를 나쁜 아이라고 일러바치셨던 것입니다.

또 한 가지, 내가 정말로 잘못한 일이 있다면 결혼 문제였습니다.

그 당시 예슬이는 201호에 살고 있었습니다. 아빠 엄마 모두 회사에 다니셨기 때문에 놀이방이 끝나면 우리 집에서 간식을 먹었고, 내 방에서 함께 놀았습니다. 나하고 생일 달이 같은데도 예슬이는 뭐든지 잘했습니다. 힘도 세고 고집도 세서 나는 예슬이 말을 잘 들었습니다.

병원놀이를 할 때, 나는 한 번도 의사 노릇을 해본 적이 없었습니다. 항상 예슬이가 주사를 놓았습니다. 나는 윗도리를 걷고 배를 내민 채 징징거리거나 엉덩이에 주사를 맞으면서 '아야!' 하고 비명을 질렀습니다.

아빠 엄마 놀이를 할 때도 그랬습니다. 여자임에도 불구하고 예슬이가 항상 아빠 노릇을 했습니다. 나는 머리에 수건을 쓰고 설거지를 하고 빨래를 널었습니다. 내가 저녁밥을 짓고 있으면 수수깡으로 만든 안경을 쓴 예슬이가 '에헴!' 하고 기침 소리를 내면서 퇴근을 했고, 나는 재빨리 밥상을 대령했습니다.

그런 예슬이의 다섯 살 생일 때였습니다. 생일 파티에 갔는데 친구들과 친구 엄마들이 모두 모인 자리에서 예슬이가 내게 청혼을 시켰습니다.

그 날 나는 엄마가 준비해 주신 장미 다섯 송이와 배추 인형을 선물로 가져갔습니다. 생일 축하 노래를 마치고 촛불을 끈 다음 선물을 줄 때였습니다. 내가 내민 장미꽃을 물끄러미 바라보던 예슬이가 내 손을 잡고 친구들 앞으로 나섰습니다. 그리고는 무서운 목소리로 말했습니다.

"어서 청혼해! 여기, 증인들 앞에서… 물론 난 예스(yes)야. 장미꽃도 있잖아, 어서!"

목소리뿐만 아니라 나를 쏘아보는 예슬이 눈빛이 엄청 사나웠습니다.

"……!"

아무리 그래도 청혼이라니! 나는 간절한 눈으로 엄마한테 도움을 청했습니다. 하지만 엄마는 물론 아줌마들 모두 배를 잡고 웃을 뿐 누구도 내게 도움의 손길을 내밀지 않았습니다.

"예슬아, 아무리 그래도 너무한 거 아니니? 상대방 맘도 모르면서

청혼하라고 떼를 쓰는 법이 어디 있어?"

예슬이 엄마가 말리고 나섰습니다.

"안 돼! 엄마가 그랬잖아!"

"내가 뭐랬기에?"

"지난번에 연속극 보면서… 한 번 바람을 피운 사람은 언젠가는 또 바람을 피운다며?"

"그랬나…?"

갑자기 예슬이가 열을 올리기 시작했습니다.

"나 미국 갔을 때, 그러니까, 할머니 생신 때…"

열을 올리던 예슬이가 울먹울먹하더니 갑자기 눈물을 쏟기 시작했습니다.

"뭐야? 무슨 일이야?"

놀란 아줌마들이 예슬이 주위로 모여들었습니다.

"무슨 일인데? 왜 그러는데?"

울음 반 눈물 반 예슬이가 말했습니다.

"나 미국 갔을 때, 햇살이가 바람을, 엉엉… 피웠단 말이야! 엉엉 … 저기, 다정이랑!"

예슬이가 하도 슬프게 울어서 그랬는지, 아니면 너무 어이가 없고 억울해서 그랬는지 모르겠습니다. 내 눈에서도 눈물이 나왔고 입술이 부르르 떨렸습니다. 캄캄한 들판에 혼자 서 있는 것 같은 기분이 들었습니다.

"아냐! 바람 안 피웠어! 그냥 논 거야! 그냥 논 거란 말이야!"

뒤늦게 예슬이 말을 알아들은 다정이가 분해 죽겠다는 듯이 소리를 질렀습니다.

"이런, 다정아!"
다정이 엄마가 다정이를 잡아끌었습니다.
"거짓말! 다 거짓말이야!"
예슬이는 점점 더 슬프게 울었습니다.
무엇 때문인지 나도 울었습니다.
다정이도 울었습니다.
그러자 사랑이도 울고, 지혜도 울고, 정연이도 울었습니다.
그날 예슬이의 다섯 번째 생일 파티는 엉망이 되었고, 우리는 각자 자기 엄마 품에 안겨 대성통곡을 했습니다.

'아니야. 그럴 리 없어! 그래도 하나밖에 없는 아들인데 아들 편을 들어야 하는 거 아냐? 게다가 지난 일이잖아. 바둑통은 그대로고, 전화기야 다 부서졌으니 할 수 없는 일이고, 청혼을 하지는 않았지만 그렇다고 바람을 피운 것도 아니고…'
생각해 보니 그랬습니다.
'그럼… 왜?'

Photo by Miru Lee

죽은 사람이 너무 많아!

사돈댁에 보낼 수삼을 사기 위해 강화도 함민복 시인을 찾았다. 함 시인의 부인이 경영하는 <길상이네>는 원래 초지대교 건너편에 있었다. 그러다가 강화대교 너머(강화고려인삼영농조합. 강화군 강화읍 강화대로 96)로 이전했고, 이미 두어 번 방문했던 터인데 무슨 생각인지 옛집으로 차를 몰았다가 돌아가는 바람에 계획에 없던 강화도 일주를 하고 말았다. 결혼식에 와준 함 시인에게 인사를 전하고 이런저런 얘기를 나누다가 부인이 정성스럽게 포장해준 수삼을 받아들고 부랴부랴 인천공항으로 직행, 신혼여행에서 돌아오는 아들 내외를 픽업했다.

이튿날.
한복을 곱게 차려입은 며느리의 첫 아침 인사를 받았다. 나는 짧게, 아내는 길게 덕담을 늘어놓았다. 아직은 어설픈 시부모와 며느리지만 시간이라는 묘약은 이 낯섦을 가족이라는 울타리 안에 녹여 낼 것이다.

아침을 하고 인근에 있는 추모공원에 가서 부모님께 인사를 올렸다. 생전에 한 번도 본 적 없는 시조부와 시조모께 인사를 올리고 난 며느리가 눈물을 훔쳤다.
아내 : 어머, 우는 거니?
아들 : 원래 잘 울어요.
며느리 : 그냥이요. 슬퍼요.
아내 : 그냥?
며느리 : 죽은 사람이 너무 많아요.

아내 : 이런 데 처음이니?

며느리 : 네.

아내 : 쯧쯧, 이렇게 여려서 어떻게 병원에서 일하누!

추모를 마치고 건물 앞 벤치에 나와 앉아 커피를 마시는데 그곳 트리에 주렁주렁 매달려 있는 추모 엽서를 살피다 말고 다시 울먹울먹.

"왜 또?"

"……!"

사랑하는 아들아.

너를 보낸 지 벌써 일 년이 지났구나.

너무 보고 싶고 그리워 미치겠다.

추운데 몸조심하거라.

아빠가.

아들, 오늘이 떠난 지 87일이네.

엄마 아빠가 아들 보고 싶어 왔다 간다.

보고 싶다.

다음 주에 또 오마.

며느리가 가리키는 엽서를 살피던 아내 역시,

"이를 어째… 아이를 앞세웠네! 그 많은 세월호 부모들은 어쩌누!"

하며 울먹울먹.

합방

아내의 취미는 목공이다.
"톱질하고 망치질하고 사포질을 하면 기분이 좋아지더라!"
"그러니까 그때, 날 생각하는 건 아니지?"
"훙, 왜 아니겠수!"
"에이, 그러지 말고…"
"왜? 뭐 필요한 거 있어?"
귀를 쫑긋하며 바싹 다가앉는데, 잘만 하면 관이라도 짜줄 기세다. 목공부인 4년차, 하나 둘 만들기 시작한 것이 집안 살림을 다 바꿔놓았다.

아내의 목공이 다시 한번 빛을 발했다. 이번엔 침대다.
2층엔 아들 방과 아내의 공부방이 있다. 아들은 대학 입학 후 10년째 객지 생활을 하는 관계로 나는 집에 있을 때 주로 아들 방에서 일한다. 2층 마루는 공동구역인 셈인데 여기에 자주 보지 않는 아내와 나의 책들이(라고 해야 전공이 같으므로 그게 그거지만) 쌓여 있고, 자주 보는 책들은 각자의 공간에 분리되어 있다.
결혼을 앞둔 아들은 일요일 밤부터 금요일까지 회사에서 먹고 자는 근무 형편을 고려해 회사 앞에 신혼집을 마련했다. 금요일 밤에야 회사에서 나와 일요일 오후 다시 복귀해야 하는 형편이니 신혼생활이 시작되면 큰맘 먹기 전에 집에 오기 어려울 터다.
“신방을 예쁘게 꾸며주면 자주 오지 않을까?”
아내의 생각대로 될지 두고 볼 일이다.

새로 짠 침대가 도착하고 연말연시를 신방 꾸미며 보냈다. 아들 책, 아내와 나의 책들이 분리되고 다시 합쳐졌다. 실로 10년 만에, 아내와 나는 한방을 쓰게 된 것이다.
내친김에 책 정리를 했다. 방을 합치고 나니 책꽂이도 몇 개 버리게 되었다. 버릴 것들을 마루에 모아놓고 기진맥진 헉헉대고 있는데.
아내 : 밖에 내려다 놓지 않고 뭐해?
나 : 그게, 오늘이 1월 1일이잖아? 정초에는 원래 집안 물건을 밖에 내놓는 게 아니야.
아내 : 그래?
나 : 그렇다니까!
아내 : 그런가?
정말 그런 말이 있느냐? 모르겠다. 내가 어찌 알랴.

불명

어찌해볼 틈이 없었다. 병실을 지킨 지 5분도 되지 않아서였다. 혈압과 맥박이 순식간에 떨어지더니 경고음이 울리며 바이털 사인이 0을 가리켰다. 아내가 비명을 지르며 달려나갔다. 삼십 초쯤 지났을까. 한 차례 깊은숨을 몰아쉬고 잠시 후 한 번 더… 그것이 마지막이었다. 2016년 6월 13일 13시 35분.

그 2주 전인 5월 30일, 예정된 여행길에 올랐다. 샌프란시스코에서 2박 3일, 뉴욕으로 날아가 나이아가라까지 4박 5일, 샌프란시스코로 돌아와 요세미티에서 2박 3일. 여기서 급보를 접하고 남은 일정을 취소했다.
여름방학이 시작된 탓에 비행기 표 구하기가 쉽지 않았다. 6월 11일 자 표를 겨우 구했다. LA에서 3박 4일 대기 후 열세 시간 비행 끝에 인천공항에 내리자마자 병원으로 직행했다.

비명에 가까운 아내의 외침에, 기적처럼, 아주 잠깐, 혼수상태에서 눈을 뜨고 우리 내외를 맞이해 주셨다. 그리고 다음 날, 아내는 엄마를 잃었다.

도대체 무슨 일이 일어난 것인가? 지난 몇 주일이 정리되지 않는다. 삶과 죽음이 불명(不明)하다.

병

허리 디스크 수술 일정을 잡으려고 했는데 상을 치르고 난 후 여러 날 뒹굴뒹굴하다 보니 통증이 가라앉아 견딜 만하다. 대신 오른쪽에서 왼쪽으로 옮겨온 어깨통증(오십견?)으로 잠 못 이루는 밤이 이어지고 있다. 몸이 온전해지기를 기다리다가 문득 떠오른 생각, "그래, 이제 온전할 수 없어. 불편한 몸을 일상으로 인정하고 살아야 할 나이야."

흘려다오 나를
공기 속으로 보내 다오
종달새처럼 날려다오
미끄러운 물고기처럼 강물에 놓쳐다오.

내 몸은 생각을 담지 못하네.
내 눈은 눈물을 담지 못하네.

오랫동안 무거웠으니 가벼웠으면 좋겠네.
오랫동안 어두웠으니 청명했으면 좋겠네.

가끔은 가볍고 청명했으니
무거워도 좋겠네 어두워도 좋겠네.

·· '병' 전문

주문

지난달, 아들이 신혼집에 놓을 가구를 주문했다. 아내는 목공실에 나가 여러 날 땀을 흘린 끝에 가구를 완성했고 밤 열두 시가 다 되어 집으로 싣고 왔다. 2층에 올려놓으면서 내가 볼멘소리를 했다.
"뭐 그리 급하다고 야간작업까지!"
"칠하고 말리고 칠하고 말리려면 그게 또 며칠인데? 다음 주 휴가라니까 올라오면 그때 실어 보내야지!"

어젯밤.
가구를 싣고 내려간 아들 내외가 배치를 마치고 새벽 두 시가 넘은 시간에 사진을 보내왔다. 늦게까지 기다려 카톡을 확인한 아내는 흡족해했다. 아들도 아마 그만했을 것이다. 가구를 주문하면서 내게 이렇게 말했었다.
"응, 외할머니 갑자기 돌아가시고 엄마 허전해하실까 봐. 뭐라도 하면 좀 낫지 않겠어?"

내일이 벌써 49재다.

벼락

벼락이 떨어져 배전반에 불이 났다. 앞집 목사님이 소화기를 들고 달려온 덕에 겨우 불을 껐다. 이어 소방관들이 달려왔고 한전에서 나와 불타 버린 배전반을 복구했다. 인근 변압기에 벼락이 떨어졌는데 전선을 타고 들어온 것 같단다. 벌써 두 번째다. 피뢰침을 설치하기로 했다.

"복권 사세요."

한전 직원이 말했다.

"그러잖아도 그럴 생각이에요."

아들과 통화하며 그 말을 했더니,

"그 어려운 걸 두 번이나 맞았는데 복권까지 맞겠어요?"

하긴.

교훈

첫 번째와 두 번째 날—
마사와 깬 자갈 까는 일을 하며 비실비실.

세 번째 날—
"자본주의의 시간은 너무 빨라. 소싯적 사회주의 중국에 간 적이 있는데 그때 그 느리게 흘러가던 인민들의 시간이 딱 내 스타일 같아."
"순수한 사회주의 국가는 이제 지구상에서 거의 다 사라졌어요."
"그러게. 세계문화유산이나 국가유산으로 지정해 보전할 필요가 있겠어."
부친상 당한 후배 조문 가서 담배를 나눠 피며 썰렁한 농담을 주고받다 올라와 집 근처에서 한잔하던 중 소설 쓰는 후배에게 열을 올려 고골리 얘기를 했는데 가만 되짚어 보니 고리끼라고 잘못 말한 듯.
"〈외투〉 얘기였으니 새겨들었겠지 뭐. 게다가 둘 다 '고' 씨잖

아. 그나저나 요즘 왜 이렇게 가물가물한 거야? 구시렁구시렁."

네 번째 날—
대전 내려가서 6주 만에 첫 외박을 나온 아들 내외와 점심을 먹고 입대할 때 맡겨 두었던 자동차 돌려주고 열차 타고 귀가해 밥솥 열고 4일 된 밥을 주걱으로 뒤집다 포기하고 소주 한 병과 어묵으로 식사 대체.

오늘—
새벽 다섯 시에 눈이 번쩍. 에스프레소 한 잔 내려 마시고 안방 거실 아래층 위층 오르내리다 침대로 돌아와 한숨 더 자고 일어나 아내가 비장한 '아빠우동' 한 봉지 끓여 먹고 호기롭게 식탁 티슈를 뽑아 (두 장씩이나!) 입 쓱 닦고 소파로 직행, 담배 한 대 피우고 나흘째 사료 거부 투쟁하고 있는 까미 앞다리 잡아 세우고 잔소리를 늘어놓다 참치 캔 따서 밥그릇에 부어 주며,
"이게 마지막이야! 찍소리하면 안 돼!"
다시 소파에 앉아 이 궁리 저 궁리, TV 앞 블루투스 스피커에 휴대전화를 연결해 볼륨 높여 이미자 배호 심수봉 조용필을 듣다가,
"혼자서 먹는 저녁도 익숙해져 가고~"
청승을 떠는 신승훈에 이르렀는데,
"아내는 스페인에 있고 아들 내외는 대전에 있고 나는 소파에 있네…"
노랫말을 이어붙이다 박차고 일어나 고하기를,
"남편을 닷새 이상 혼자 두지 마라!"

추석 전후

호박과 대추를 수확하고 쓰러진 해바라기들을 세워 주었다. 배전반에 불이 난 후 담쟁이가 불쏘시개 역할을 할 수도 있겠구나 하는 생각이 들어 배전반 근처의 담쟁이를 잘라 냈다. 내친김에 지붕에 올라가 물받이를 막고 있는 나뭇잎들을 거둬 냈다. 어렵던 시절에 쓴 시의 한 구절이 생각났다.

지붕이 새고 벽에는 금이 갔지.
근심을 감추고
랄랄라 흥얼거리며 지붕에 오르기도 했지.
어긋난 기왓장을 맞추며 먼 곳을 보았지.
··*'고양이 일가' 부분*

아내는 바쁜 시간을 쪼개 다용도 탁자 두 개를 만들었다. 하나는 파주 공부방으로 가져가 TV와 프린터 받침대로 쓰고, 하나는 명절을 쇠러 온 아들네로 실어 보냈다.

추석 전날 공부방을 정리하며 달을 보았다. 추석 당일에는 보름달을 보지 못했다.

명절 음식을 준비하며 아내는 게장과 육개장에 신경을 곤두세웠다. 게장은 장모님, 육개장은 시어머니의 대표 음식이다.

"맛있어! 완벽하게 계승이 된 것 같아!"

"정말?"

미심쩍은 표정을 짓는 아내에게 진심으로 고개를 끄덕였다. 아내는, 어머니가 없는 첫 명절을 보내고 있다. 시어머니는 9년 전에, 친정엄마는 지난 6월에 세상을 떠나셨다.

쥐포수생쥐포획기

"왜 그래 까미?"

졸고 있던 까미가 무슨 소리를 들었는지 쌩하고 달려가 킁킁대며 싱크대 주변을 살피고 다니는데 그 모습이 마치 오소리 굴을 발견한 녀석의 조상 개 같았다. 닥스훈트는 원래 오소리를 사냥하던 종인데 애완견으로 변종이 되었다.

"무슨 일이야 까미?"

고개를 숙이는 순간,

"어이쿠!"

손가락만 한 생쥐 한 마리가 튀어나오더니 싱크대 밑으로 통하는 콘센트 구멍 속으로 숨어든다.

근자에 싱크대 하수 주름 관을 교체했다. 집을 지으면서 기초공사부터 완공까지 옆에서 지켜봤다. 쥐구멍이라면 하수구밖에 없을 터, 살펴보니 짐작대로 하수구와 주름관 사이의 틈을 막아 주는 플라스틱 마개가 헐거워지면서 이음새가 벌어졌다. 곧바로 차를 몰고 나가 마개와 끈끈이를 구해 왔다.

"쥐구멍을 막아 버리면 걔는 어디로 가라고?"

"잡아야지!"

마개를 단단히 조이고 끈끈이를 설치했다.

소식이 없다. 별의별 생각이 다 든다. 아내 말대로 도망갈 길을 열어줘야 하나? 아니지. 나간 걸 어떻게 확인해? 가둬 두고 잡아야지. 괘씸한 놈, 도대체 어디 틀어박힌 거야! '쥐 죽은 듯'이라더니 정말이네. 어쩌지? 부엌살림 다 들어내고 대대적으로 수색을 해? 저걸 다 어떻게 옮기지? 이삿짐센터를 불러야 하나?

"빨리!"

까미가 싱크대 옆 이동식 선반에 코를 박고 씩씩거리고 있다. 달려가서 막대기로 선반 밑을 휘저어 보지만 반응이 없다. 뒤에 숨었나? 선반을 끌어내고 벽 쪽을 살펴보지만 흔적이 없다.

"까미, 도대체 뭘 본 거야!"

힐책에도 까미는 물러나지 않는다.
"킁킁, 컹컹!"
선반에 놓인 믹서와 토스터를 치우고 평소 쓰지 않는 전기밥솥을 치우는 순간 놈이 튀어나와 쏜살같이 냉장고 아래로 숨어들었다. 기겁한 아내가 물었다.
"봤어? 그놈 맞아?"
"맞아. 그새 살이 좀 찐 것 같고, 쥐방울만 한 것이 아주 귀여워."

부엌과 싱크대 구조상 이제 냉장고 아래나 뒤편, 싱크대 밑 말고는 숨을 곳이 없다. 싱크대 밑에 끈끈이를 몇 개 더 설치하고 냉장고 앞에도 끈끈이를 펼쳐 놓았다. 그리고는 부엌세간들을 이용해 바깥쪽으로 튀어나오지 못하게 울타리를 구축했다. 지켜보던 아내가 당최 믿음이 가지 않는다는 듯,
"인숙 씨한테 고양이 한 마리만 빌려 달라고 할까?"
"요즘 고양이가 어디 쥐를 잡나?"
"안 잡아?"
"잡는다고?"
"글쎄?"
좋은 생각이 떠올랐다.
"까미, 당분간 여기서 지내. 생쥐 잘 지키고."
거실 창문 앞에 있던 까미 집을 울타리 앞으로 옮기고 보초를 세웠다.
"깽, 깨갱!"
"무슨 일이야 까미?"

냉장고 앞에 펼쳐 놓은 끈끈이에 앞발이 달라붙어 어쩔 줄을 모른다. 울타리를 넘어가 사고를 친 것이다. 잽싸게 안아 들고 끈끈이를 떼어낸 다음 아내에게 넘겨주었다.

"씻겨!"

"잡으라는 쥐는 못 잡고 엉뚱한 애를 잡네!"

볼멘소리를 뒤로하고 살펴보니 싱크대 저 안쪽 끈끈이에 거짓말처럼 놈이 달라붙어 있다.

"잡았다!"

"정말? 살아 있어? 어머! 깔깔깔!"

"왜?"

"얘 좀 봐. 실내화 신었어!"

까미가 앞발 양쪽에 착 달라붙은 아내의 실내화를 질질 끌며 잔뜩 심통이 난 표정을 짓고 있다.

"잘 좀 씻기지! 모처럼 밥값 했는데."

다음날.

모처럼 편안한 마음으로 부엌에서 커피를 타고 있는데 거실 창문 앞 제집에 웅크리고 있던 까미가 갑자기 벌떡 일어나더니 다다다 두 귀를 펄럭이며 달려와 싱크대와 냉장고, 이동식 선반 사이를 오가며 코를 박고 으르렁대기 시작했다.

"뭐야 까미? 뭐가 또 있는 거야? 꿈꾼 거 아니고?"

까미는 불쾌한 기색이 역력했다. 찻잔을 든 손이 부르르 떨려왔다.

말하는 방법

소설가 C 교수님 아들 혼사에 갔다가 은사 정현종 선생님을 마주쳤다. 이십여 년 만이다.

"변함없으십니다. 옛 모습 그대로세요."

인사치레하자,

"제법 말을 할 줄 아네?"

문학이라는 것이 따지고 보면 '잘 말하는 방법'이 아닌가 싶다. 그 방법이야 작가마다 다르겠지만 말이다. 잘 말한다? 이게 '말을 잘하는 것'이나 '많이 하는 것'과는 다르다.

"아이고, 영감탱이! 눈까지 어두운 모양이네! 계단이잖아. 앞 좀 보고 걸으라고!"

겨우겨우 발걸음을 옮기는 할아버지가 위태로워 손이라도 잡아 드리려는데 할머니가 냉큼 팔짱을 끼며,

"에고, 늙으면 죽어야지!"

할머니의 타박은 미움이 아니라 속절없이 흘러가 버린 세월에 대한 원망이다. 사랑과 이해는 저 아래 깊은 곳에 있고 비애와 분노와 절망은 가장 앞에, 얕은 곳에서 일상을 지배한다.

가을 호박

아침 일찍 잡초를 뽑으면서 애들 머리만 한 호박이 눈에 띄어 정신없이 베어내는데… 갑자기 싸한 느낌이 들었다.
"좀 더 익게 놔두지 벌써 따요?"
지나가던 목사 사모님께서 혀를 차셨다.
반은 노랗고 반은 시퍼런 호박들을 벤치에 늘어놓고 시치미를 뗐다.
"호박이 풍년이네! 길가 쪽에 있는 거로 아홉 개만 먼저 땄어."
"아홉 개? 그렇게 많아?"
신이 난 아내가 마당으로 뛰어나가 수확물을 살피더니 고개를 저었다.
"너무 이른 것 아냐?"
"더 놔둬 봐야 썩기나 하지. 며칠 햇볕에 말리면 노래질 거야."
"아닌 것 같은데?"
"현성이 어머니한테 물어보시던지."
아들 고교동창 어머니 모임에서 농사 솜씨, 음식 솜씨가 제일이다.
"그럴까?"
찰칵, 사진을 찍어 단톡방에 올리자 난리가 났다. 가을 호박이란다.

"호박이 넝쿨째 굴러들어온 것은 사실이니까 계약이 잘 되고 책도 대박이 났으면 좋겠네."

오후에 필자와 약속이 되어 있는데 그 출판 계약 얘기다.

나는 안 팔리는 책 만드는 재주가 뛰어나다. 출판하는 친구들한테 훈수를 둘 때는 대박까지는 아니어도 곧잘 팔리기도 했는데 정작 내가 출판을 하면서부터는 그게 잘 안 된다. 출판사는 몇 년째 개점휴업 상태. 1년에 몇 권씩이라도 다시 내보려고 하지만 계획하고 있는 원고들 또한 하나같이 만만치가 않다. 그런 차에, 계약은 성사가 되었고 조만간 부자가 될지도 모른다고 큰소리치자 아내가 말하길,

"남의 책 만들어 팔 생각 그만하고 이제부터라도 본인 작품 열심히 써서 인세 많이 받을 생각을 하시죠!"

어떤 행성

세상에서 가장 아름다운 사진 한 장이 전송됐다. 막 출산한 어머니가 세상에 나와 처음 품에 안긴 아기를 바라보는 장면이다. 경이로운 생명, 지구에 날아든 별, 어떤 행성! 모든 표현이 다 진부하다!

"산고라는 게, 내가 아이를 낳을 땐 내 몸 아픈 것만 생각했는데 손자를 보니 며느리 생각은 안 나고 아기가 얼마나 애를 썼을까 하는 생각만 드네!"
멋쩍은 아내의 고백에 온 가족이 함께 웃었다.

겨울로

낙엽을 쓸면서 감나무 산딸나무 담장이 목련 능소화 배롱나무 산수유 들을 살핀다. 해가 가기 전에 몇 번이나 더 빗자루를 들어야 할까? 듬성듬성 매달린 나뭇잎을 세면서 '두 번?' 혼잣말에 답하듯 고개를 끄덕인다.

안경이 어디 갔지?
안방에 있는 거 아냐?
없는데?

화장실에 있던지.

여기도 없는데?

구석구석 소파를 들추고 있는데.

이건가?

맞네! 왜 남의 안경을 쓰고 있어?

그럼 내 안경은?

안방에 있는 거 아냐?

없는데?

화장실에 있던지.

여기도 없는데?

어이구, 당신 머리 위에 있네!

아내도 나도 총기가 예전 같지 않다. 몸도 마음도 겨울로 들어서고 있다.

네번째 이야기

화약을 안고 누워 있는 성냥 알맹이

“

우리가 원하는 게 바로 저런 사람들이야. 재능이 아니라 목숨을 거는 사람!

”

너 참 안됐어!

오래전 일본 기보집에서 읽은 얘기다. 일본의 한 프로기사가 오전 봉수를 하고 점심을 먹으러 가는 길에 소와 마주쳤다. 발걸음을 멈추고 물끄러미 소를 바라보던 기사가 딱한 표정으로 중얼거렸다.

"참 불쌍해, 소는 바둑을 둘 수 없으니!"

아침부터 졸라대는 까미를 데리고 마당에 나와 담배를 피우는데 문득 그 생각이 들었다.

"까미, 너 참 안됐어. 시를 읽을 수 없으니!"

E'S ENOUGH ELECTRICITY
OFF THIS WONDERFUL
TO LIGHT UP THE CITY"
Michael Parkinson
THE MUSICAL QUEEN Ben Elton
NOW IN ITS TENTH
MAGNIFICO
WINNER!
Ben Elton
DOROTHY PERKINS

목숨

"시나리오 한 번 써 보시면 어때요?"
드라마 쓰는 후배가 집에 놀러 왔다. 이미 여러 편 히트작을 낸 그녀에게 선배랍시고 헛소리를 하곤 했는데 그에 대한 답이었거나 그게 아니면 '땅 한 번 하늘 한 번 쳐다보며' 한숨이나 내쉬고 있는 선배에게 자극이 되고 싶었던 게다.

시로 등단하던 해에 KBS 드라마작가로 선발(?)됐다. 방송작가워크숍을 이수한 지망생들을 대상으로 작품을 공모해 당선자들에게 6개월 동안 매달 한 편씩 새로운 작품을 제출하도록 한 후 유망주(?)를 추려냈던 것으로 기억한다. MBC에도 비슷한 제도가 있었다. 같은 해 두 방송국에서 배출한 신인 작가는 모두 여덟 명이고 남자는 나 하나였다.
"직장 그만두고 집필에만 전념하면 안 될까? 멜로나 홈은 여성들이 꽉 쥐고 있고 곧 분위기가 좋아지면 역사나 사회나 정치드라마 쪽에서 자네 역할이 있을 거야."
드라마제작국 A 국장이 꼬드겼고 가까이 계시던 오규원 선생은 비웃었다.
"웃기시네! 자네 감성으로 드라마를 쓴다고? 못 견딜걸? 정 방송일을 하고 싶으면 다큐멘터리를 하시던지! 그거라면 자리를 봐줄 수도 있겠다."

〈TV문학관〉이 인기였다. 원고료도 많았다. 편당 200만 원? 대기업 신입이던 내 봉급이 28만 원이었으니 계산상으로 1년에 두 편만 쓰면 연봉이 되는 것이다.
"그래, 1년에 딱 두 편만 쓰는 거야! 실컷 책이나 읽고 시도 쓰고!"
상상만 해도 인생이 달콤했다.
"아니지. 두 편이면 되는데 굳이 직장까지 관둘 필요가 있을까?"

"이형, 로비에 나가봐. 득실득실, 연기 지망생 스텝 지망생 작가 지망생, 어떻게든 방송에 이름 석 자 올리려고 목숨을 거는 사람들이야. 아무런 보장도 없이 말이야. 우리가 원하는 게 바로 저런 사람들이야. 재능이 아니라 목숨을 거는 사람!"
거만을 떠는 내게 A 국장이 참다못해 고함을 지르면서 화들짝 꿈에서 깨어났다.

첫 원고청탁

20대 중반에서 30대 초반까지 모 그룹 홍보실에서 사보 기자로 일했다. 기업문화를 담당하는 부서라고는 하지만 과장이라는 사람이 "그러니까 그게 뭐냐, '시인증' 같은 것이 있냐?"고 물을 정도로 이쪽 업계에 관해 아는 게 없었다. 나는 매달 시와 콩트 한 편씩 신도록 편집계획서를 만들고 넉넉하게 고료를 책정했다. 그리고는 평소 뵙고 싶었던 시인 작가들에게 청탁한 다음 매달 원고 수령과 고료 전달을 핑계로 그분들을 찾아뵈었다. 직장에 들어간 날부터 그만둘 궁리만 하던 나에게 그 일은 큰 즐거움이 아닐 수 없었다.

이때 가장 먼저 원고청탁을 한 분이 김승옥 선생이다. 선생은 당시 무슨 영화의 시나리오를 쓰고 계셨던 듯싶다. 마감을 앞두고 전화를 올리자 댁 근처 여관방으로 나를 불러들였다.

"글이란 게 원래 자취방 밥상 위에서 써지는 거 아니겠어?"

선생은 당신의 이층집과 위층에 잘 갖춰져 있는 서재 얘기를 하면서 덧붙였다.

"편하고 좋을 것 같지만 집에선 글이 안 돼."

나는 결혼을 앞두고 있었다. 말끝에 선생이 길게 이야기했다. 죽음의 문제에 천착하던 젊은 시절 이야기, 골목길에서 만난 신에 관한 이야기, 그 신과 장시간 대화를 통해 찾아온 사생관 변화, 다양한 형태의 존재 양식, 그리고 신과 내세에 관한 믿음에 기초한 부부간의 도리에 관한 충고.

정밀한 묘사, 빠져들고 공감하지 않을 수 없게 만드는 구조적 설득력! 선생의 언변은 소설만큼이나 대단했다. 특히 신과 내세 문제를 짚은 다양한 형태의 존재 양식에 관한 설명은 매우 생동감 넘치고 설득력이 있었다. 결혼이고 뭐고 다 때려치우고 당장 출가를 해야 하지 않을까? 그날, 정작 원고는 못 받고 나는 한동안 그런 생각에 빠져 지냈다.

선생은 이후 두 번이나 더 마감을 놓쳤고 3개월째 마감일에 시청 뒤 호텔 커피숍으로 나를 불러냈다. 드디어 받는구나 싶어 한달음에 달려갔는데 웬걸, 커피숍 스탠드에 앉아 막 원고를 시작하고 계셨다. 커피 한 잔을 시켜주고는 이런저런 얘기를 해가면서 원고지를 채워 나갔고, 한 시간여 만에 작품이 완성되었다.

그렇게 받은 작품이 〈남편의 호주머니〉란 콩트다. 아내가 남편의 외도를 의심해 주머니를 뒤지기 시작하고, 그 사실을 눈치챈 남편이 모멸감을 느끼며 아내에게 쪽지를 남긴 채 자살하는 얘기다. 원고지 15매에 담아낸 부부의 심리묘사가 얼마나 정밀했는지 그런 일을 당하면 나라도 자살을 하고 말겠다는 생각이 들었다.

30년 전 얘기다. 당시 원고를 청탁할 때는 필자들께 먼저 전화를 드리고 다시 한번 매체의 성격, 원고의 방향, 원고 분량과 원고료, 마감일 등을 자세히 기재한 청탁서를 우편으로 발송했다. 원고를 받을 때는 은행에서 신권을 준비해 고료를 직접 전해드렸다. 이때 간단히 차만 나누고 헤어지거나 식사를 하며 이런저런 이야기를 나누기도 했다. 평소 글로만 읽던 시인 작가와의 만남은 이제 막 문단에 나온 초보 시인에게 적잖은 감동을 주었고, 육필 원고를 읽는 재미가 덤으로 주어졌다. 전자우편과 온라인 은행 거래가 일반화되어 얼굴도 못 보고 원고를 주고받는 요즘과는 달랐다는 얘기다.

포토, 1981. 12. 01

중앙포토, 1990. 11. 15 게재

화약을 안고 — 누워있는 — 성냥 알맹이

오래전, 원고를 받기 위해 김영태 선생을 찾아뵈었다. 선생은 삼일빌딩 꼭대기 외환은행 사료실에서 '조사월보'인가 하는 잡지를 편집하며 시와 그림과 무용평론 등 여러 분야에서 왕성하게 작품 활동을 하고 계셨다. 처음 만나는 자리였음에도 불구하고 선생은 오래 알고 지낸 사람처럼 살갑게 맞아 주셨다. 그리고는 가정과 직장 생활 면면에 관해 이것저것 물어보시며,

"절대 직장을 그만두는 일이 있어서는 안 되네. 승진이나 직책 같은 거에 연연할 필요 없네. 그저 밥벌이라 생각하고 시만 쓰면 되는 거네. 젊음이나 재기를 너무 과신하지 말고."

친자식 어르듯 손을 잡고 몇 번이나 당부하셨다. 당시는 그랬다. 문단에 젊은 시인이나 소설가가 새로 나오면 각별한 인연이 없어도 선배 시인이나 작가들께서 무슨 보물단지라도 다루듯 애지중지 격려를 아끼지 않았다.

선생의 당부에도 불구하고 나는 결국 직장을 뛰쳐 나왔다. 그리고 한참 어렵던 시절에 이따금 선생의 말씀을 떠올리며 까마득한 후배에게 내밀었던 따뜻한 손길을 그리워했다.

문외한들에게 시를 설명할 때 말의 에너지가 변화하는 예로 단골

로 거론하는 선생의 시가 있다.

성냥 알맹이들이 성냥갑 속에

화약을 안고 누워있다

·· 김영태, '자주꽃 속에' 앞부분.

화약을 안고 누워 있는 성냥 알맹이처럼, 겉으로 드러난 모습과 달리 선생께서는 엄청난 에너지를 품고 살다 가신 듯하다. 시는 이렇게 이어진다.

수리되지 않은 사표가 수리되길

기다린다 우리 집 골병든 개의 이빨이

아침햇살에 질서를 지키고

빛나는 것처럼 움 속에 묻은

무에 새싹이 돋아나는 현상을

목격하는 이 아이러니도

신파의 극치쯤은 된다

만시지탄이 아니라

오늘 내가 초안한 개인성명서의

골자는 충분히 되고도 남는다

말짱한 정신으로 보면

산도 있고 물도 많고 요지경 속에는

승천하지 않은 예수도 있다

꽃 속에 작은 꽃 속에 작디작은

자주꽃 속에 보이지 않는

숨소리도 들린다

우리 동네 편물점에 염색된 실처럼

내장을 모두 빼어버린 것들도 보인다

돌아가신 지 4년이나 지난 겨울날, 전등사 오규원 시인 나무를 뵈러 갔을 때 저만치 마주 보고 있는 김영태 시인 나무를 뵙고 술잔을 올렸다.

중앙포토, 1990.06.01

원고료 산정법

결혼 초 박영한 선생이 이웃에 살고 계셨다. 선생과는 최인훈 교수께 명절 인사를 드릴 때 가끔 마주쳐 인사를 나누던 처지였다. 선생은 당시 〈왕룽일가〉를 집필하고 계셨던 것으로 기억하는데, 복날 무렵 특유의 난발로 몸보신이나 하러 가자며 대문을 두드리곤 했다.

여름 어느 날, 방안에 틀어박혀 집필에 매달리고 있는 선생께 원고를 청탁했다. 울릉도 탐방기였다. 내심 사나흘 바람이나 쐬고 오시라는 배려였다. 원고료도 만만치 않아서 일체의 취재 경비가 별도로 지급됐고 집필비만 웬만한 샐러리맨의 반 달 치 봉급에 가까웠다.

"이 형, 고맙긴 한데 그 정도로는 안 되겠는데… 방구석에 들어앉아 쓰는 것하고 3박 4일 취재 갔다 와서 쓰는 건 달라야 하지 않겠어? 생각해 봐. 내가 평생 쓸 수 있는 원고지 양은 한정되어 있어. 그런데 3박 4일을 울릉도에서 보내야 하잖아? 다녀와서 글은 글대로 써야 하고."

듣고 보니 틀린 말은 아니었다. 과장 눈치를 살피며 슬그머니 고료를 높여 잡았다.

선생은 그로부터 20년이 안 된 2006년 여름에 58세를 일기로 급

서하셨다. 그렇게 빨리 가실지 선생께서도 예견치 못했을 것이다. 당신이 남긴 원고지들을 이제 어쩔 것인가!

L 시인에게 시를 한 편 청탁했다. 표지 3면에 사진과 함께 들어가 박힐 터였다. 원고를 받아들었는데 다섯 행 분량의 짧은 시였다. 편집을 마치고 결재를 받는 과정에서 과장이 고개를 갸웃거렸다.
"고료가 얼마지?"
"……."
"너무 짧지 않아? 몇 줄 더 써달라고 할 수 없어?"
당황한 내가 재빨리 대답했다.
"시는 원래 짧은 건대요?"
과장은 순간적으로 눈을 굴리더니 나도 안다는 듯 휙 사인했다.

D사 사보 기자로부터 펑크가 났다며 급히 시 한 편을 써달라는 부탁을 받았다. 발행일이 비슷해 편집 기간에 대행사에서 자주 마주치는 처지였기에 거절하기 어려웠다. 바쁜 시간을 쪼개 몇 날 끙끙대며 완성을 했는데 이것이 공교롭게도 다섯 행이었다. 안 되겠다 싶어 쥐어짰다. 두 행밖에 더 늘리지 못했다. 원고를 넘겨줄 때 미안했다.

원고료 상승률

이십여 년 전, 다니던 회사를 그만두고 편집회사를 운영했다. 이때 알 만한 기업들의 사사(회사역사) 제작하는 일을 적잖이 했다. 기획부터 집필과 편집, 제작 일체를 대행하는 것인데 원고료가 괜찮았다. 집필은 주로 또래의 시인과 소설가들이 맡아줬다. 집필진을 구성해 가면 일을 맡기는 기업 측에서 십중팔구 고개를 저었다. 시인이나 소설가가 통신의 역사를, 건축의 역사를, 컴퓨터 전기 가스 무역 기계 화학섬유 신소재 음향기기의 역사를 어찌 알고 자기네 회사의 역사를 쓰냐는 것이다.

"물론 알 수 없죠. 하지만 그걸 잘 아는 사람이 설명을 잘하고 회사와 관련된 자료들을 잘 챙겨주면 누구보다 잘 쓸 수 있습니다."

원고료는 원고지 한 장 기준 2~3만 원. 사사 한 권이면 3천 장 내외. 이게 어느 정도일까? 기억이 가뭇해서 비슷한 시기를 검색해 보니 '선동열은 1993년에야 국내 선수 첫 1억 원 연봉자가 됐다'라는 기사가 있다.

몇 달 전, 당시 우리 회사에서 이 업무를 진행했던 후배(그는 지금 사사 전문필자로 변신해 이름을 날리고 있다)에게 물었더니 이렇게 대답했다.

"그때가 봄날이었습니다. 지금은 당시의 절반 정도 수준으로 보시면 됩니다."
물가상승률을 고려하지 않고도 원고료 상승률은 마이너스 50%. 수요는 늘지 않고 경쟁은 치열하다 보니 그럴 수밖에 없다는 얘기다.
나는 오랫동안 문학판을 떠나 있어 현실에 어둡다. 몇 해 전 한 번역 작가가 자조 섞인 한탄을 했다.
"번역하는데 1년, 원고료 받는데 1년…"
출판 산업 전반의 쇠락과 함께 시인 작가들의 생계가 벼랑 끝에 몰리고 있음을 미루어 짐작할 뿐이다.

…, Photo by Narin Kim

생계

어려운 환경 속에서 생계를 꾸리며 두 아들을 스타로 키운 어머니의 얘기를 교열해 나가면서 든 생각이다.

시인이나 소설가나 화가나 가수나 배우나 예술가이기 전에 생활인이므로 경제적 현실에서 벗어날 수 없다. 상대적 취약 계층(?)에 속하는 예술가들이 한때 이 문제를 정면에서 다룬 작품을 생산하기도 했는데 요즘은 예전만큼 눈에 띄지 않는다. 살림살이가 좋아진 것일까? 경제지표가 현격히 높아졌지만, 예술 종사자들(뿐만 아니라!)의 삶은 크게 달라진 게 없어 보인다. 그런데 왜?

"노년이란 게 모두에게 닥칠 문제잖아? 독자가 많을 거로 생각하지? 근데 아무도 그런 얘기는 좋아하지를 않아. 해서, 회의를 거듭한 끝에 희망적인 메시지를 담아 '황금빛 노년'이라는 타이틀을 걸었는데 결과는 무참했어."

출판물 기획할 때 참고하라며 전해 받은 말이다. 노인 문제가 지금처럼 조명되지 않았던 시절이다.

우스개를 보태자면.

"재벌 2세나 판검사, 의사, 최소한 본부장급 이상이어야 해요."

드라마 남자 주인공 자격이 그렇단다. 요즘은 어떤가? 아예 초능력까지 갖추고 있다. 세상이 각박하고 안 되는 일이 너무 많아서 어렵고 칙칙한 얘기를 소비해줄 독자가 없는 것으로 결론 내리고 낄낄댔지만 씁쓰름했다.

가난을 고백하거나 궁핍의 무게를 달아서 내보이자는 것은 아니다. 어리둥절할 뿐.

다음은 백거이의 절창 중 한 대목이다. 1,200년 전 시인의 눈에 비친 세상 풍경인데, '몸에 걸친 옷도 고작 홑 것인데/ 숯값이 싸질까 걱정하며/ 날 춥기를 바란다.'는 대목에서 절로 무릎을 치지 않을 수 없다.

숯 파는 늙은이는
남산(南山)에서 나무 베어
검정 숯을 굽는다.
재투성이 얼굴은
숯 연기에 그을렸고
희끗희끗한 귀밑머리
열 손가락 새까맣다.
숯 팔아 벌어온 돈
어디에 쓰는 걸까?
자기 몸에 옷 걸치고
목구멍 풀칠할 뿐.
가엾도다.
몸에 걸친 옷도 고작 홑 것인데
숯값이 싸질까 걱정하며
날 춥기를 바란다.

· · '숯 파는 노인' 앞부분, 백거이. 김경동 역

중은

백거이는 "대은(大隱)은 속세에 거처하며, 소은(小隱)은 산림에 은둔한다. 산림은 너무나 쓸쓸하고, 속세는 너무나 시끄럽다. (……) 사람이 태어나 한세상 살면서 두 가지 길을 다 보전하기란 힘드니, 비천하면 추위와 굶주림에 고달프고, 고귀하면 근심과 걱정이 많아진다."(〈中隱〉)라고 술회하였다. 즉 백거이에게 있어 대은(출사)은 세사에 얽매여 우환에 시달리게 될 험로이며, 소은(은일)의 산림 생활은 너무 쓸쓸하고 또 기본적인 생존 자원의 결핍으로 추위와 굶주림에 고달플 수도 있는 길이었다. 이러한 모순을 해결하기 위해 백거이가 택한 것은 출사와 은일의 장점만을 취하여 "나아가더라도 요로(要路)에는 오르지 않고, 물러나더라도 깊은 산으로 은둔하지 않는"(〈閑題家池寄王屋張道士〉) '중은'의 길이었다. '중은'은 바로 '이(吏)'와 '은(隱)'이 결합한 형태로서 '이은(吏隱)'이라고도 불린다. · · *김경동, '백거이의 삶과 문학'에서*

예전에 냈던 당시(唐詩) 열두 권을 한 권으로 묶어 펴내는 작업을 하고 있다. 그중에 마침 눈에 들어온 구절이다. 꼭 이번 청문회를 두고 하는 말은 아니지만 "나아가더라도 요로(要路)에는 오르지 않고"라는 대목에 이르러 눈길이 멈춘다. 능력을 갖추고 그 욕망을 절제할 수 있는 사람이 과연 몇이나 되겠냐마는.
'요로(要路)'까지는 아니어도 생계와 문학(예술) 사이에서 번민하고 고통받는 이들을 적잖이 알고 있다. 그들에게 "물러나더라도 깊은 산으로 은둔하지 않는" 것은 또 얼마나 힘겨운 싸움인가! '은둔'이 아니라 산에 버려지지 않기 위해서 기를 써야 하는 형편이니 말이다.

평생 시인

그녀는 평생 시인이다. 다른 직업을 가져본 적이 없다. 이십 대 중반을 넘기면서 앞서거니 뒤서거니 등단을 했다.

"선배, 나이는 내가 한 살 많아요!"

그녀에게 처음 들은 말이 그랬다. 국제극장이 문을 닫기 전이었으니 피 끓는 청춘이었다. 비슷한 시기에 등단한 또래들과 일대의 다방에서 자주 시간을 보냈다. 막 직장에 들어간 나는 경황이 없었지만, 그녀가 주재(?)하는 모임에 애써 얼굴을 내밀곤 했다.

첫 모임.

약속 시각이 한참 지났는데 그녀가 나타나지 않았다.

"저, 혹시…?"

알겠다 싶은 청년이 말을 걸었다. 그녀를 만나러 왔단다.

"저, 혹시…?"

그녀 역시 그녀를 만나러 왔단다.

그렇게 몇이 둘러앉아 그녀를 기다렸다. 하지만, 기형도의 시처럼, 아무리 천천히 대화를 해도 그녀는 오지 않았다. 한 시간, 두 시간… 안 오겠지, 합의하고 일어서려고 할 때 "안녕!" 하며 나타나 손을 흔들었다. 약속 시각을 두어 시간이나 어긴 자의 그 명랑하고 천진한 얼굴이라니!

"왜? 얘기가 재미없었어?"

딴에는 알 만한 인사들을 한곳에 모아놓는 배려를 한 것이다.

나이가 들면서 드문드문해졌다.

어쩌다 모임에서 마주칠 때마다 나는,

"요즘 뭐 먹고 살아요?"

하고 놀려먹곤 했다. 농담 섞인 걱정이다. 그녀는 떠듬떠듬 질문을 피해갔지만 '전업시인'이라니! 나는 고개를 저었다.

몇 해 전 봄, 강화도의 한 모임에서 그녀를 다시 만났다. 눈길이 마주치고 뭔가 말을 꺼내려 하자 그녀가 잽싸게 가로챘다.

"많이 먹고 살아요!"

그래 놓고 늙은 선후배는 한바탕 깔깔댔다.

아직도 그녀는 다른 직업이 없다. 그녀는 평생 시인이다.

박남철 vs 박남철

동명이인의 시인이다. 한 분은 1979년 〈문학과지성〉으로, 한 분은 1983년 〈문예중앙〉으로 시단에 나왔다.

"남철 형, 도대체 어쩌려고 이러시오?"

"미안합니다, 남철 형."

한 분의 '박남철 형'은 자신의 이름이 '박남철'인 것을 한동안 죄송해해야 했고, 한자로 이름을 표기하다가 결국 개명했다. 바로 〈정선아리랑〉의 박세현 형이다.

나는 박세현 형이 〈문학과 비평〉에 있을 때 첫 시집을 냈다. 젊은 시인들의 시집을 이어 내려고 하니('문비시선'이다) 꼭 참여해 달라는 말에 원고를 넘겼는데 막상 앞서거니 뒤서거니 한꺼번에 나온 시집들을 받아들고 보니 시인선의 1번은 김춘수 선생이었기에 매우 당황했던 기억이 있다.

한편, 괴팍하기로 유명한 박남철 형과는 원고청탁 관계로 차를 한잔한 기억이 있다. 원고를 받으면서 다방에 앉아 이런저런 얘기를 나눴는데 소문과는 달리 매우 겸손하고 수줍어하기까지 했다.

"보내드린 시집은 읽어보셨습니까?"

좋아하는 선배 시인의 평을 듣고 싶어 물었다.

"읽다가, 그게 뭐냐. 아, '저승새'까지 읽고는 더 못 읽었어요. 무서워서…"

더 묻지 않았으니 뭐가 무서웠다는 말인지는 알 수 없다.

시사에 남으리라 확신하는 박남철 형의 시집 〈地上의 人間〉(문학과지성, 1984)은 작품 수록 순서가 작시 순과 반대로 되어 있다. 1부 地上의 尺度(1983~), 2부 백의 환향(1982~1983), 3부 박수부대(1977~1982) 식이다. 꼭 그 영향은 아니지만 나도 첫 시집을 낼 때 그 방식을 따랐다. 그런데 각 부 머리에 작시 연도를 표기하지 않는 실수를 했다.

"예끼, 이 사람! 얘기했어야지, 얘기를!"

훗날, 시집의 해설을 써 주신 오규원 선생께 핀잔을 들었다.

다음은 박남철 형이 말한 '저승새'란 시다. 여기까지 읽었다면 첫 시집의 3분지 2는 읽어준 셈이다.

이상하다, 어째

바람이 불까

바람에 찍힌 저승새 발자국이 보일까

이상하다,

바람이 보이고 저승새도 보이고

갑자년 섣달그믐

눈은 다시금 저리 오고

이상하다,

어째 바람이 불까, 바람에 찍혀 있는

저승새 발자국이 보일까.

· · *'저승새' 전문*

부음

지난여름에 가족묘를 정하고 이장을 했다. 난 곳과 달리 묻힐 곳은 선택이 가능하구나, 장차 내가 묻힐 자리를 바라보며 잠시 그런 생각을 했다. 그동안 묘는 조부의 글방 동기였던 경기도 이천 송씨 문중의 선산 한 자락을 차지하고 있었다. 조부의 죽마고우였던 송씨가 묻힐 곳이 마땅치 않았던 친구를 위해 문중의 반대를 무릅쓰고 선산 한 자락을 내주었던 것이다.

Y를 만난 것은 병장 때였다. 나는 여단 정훈사병으로 비교적 편안했고, 그때 이미 등단 시인이었던 Y는 예하 중대에서 교육계로 졸병 생활을 시작하고 있었다.
"선임이 고약해서 고생깨나 하겠어요. 차이도 두 달밖에 나지 않아요."
기회가 생겼다. 사단 정훈부에 결원이 생긴 것이다.
"마땅한 후임이 있는데 만나보시겠습니까?"
득달같이 달려가 정훈 사관에게 소개했고 이후 Y는 사단 정훈부로 전속되어 비교적 편안하게 복무를 하게 되었다.
전역 후 Y가 찾아왔다. 대구가 고향인 그는 서울에 아는 사람이 별로 없었다. 취직하고 결혼을 하는데 살림집을 구하면서 이웃 동네로 오게 되었다. 어느 날, 인근에 새로 짓는 아파트를 가리키며 내가 "나, 저 아파트 살 거야" 하자 "그럼 나도" 해서 우리는 한동안 같은 동 같은 라인의 1층과 꼭대기 층에 살게 되었다. 이때 나는 자동차가 있었다. 그의 아내는 '고려원', 그는 '문학사상', 나는 서소문에 직장이 있어서 코스가 맞았으므로 매일 출근을 함께 했다.
사업을 시작했을 때 Y는 '문학사상'을 나와 모 출판사로 자리를 옮겼는데 사무실이 또 이웃이어서 자주 얼굴을 봤다.
어느 날.
"사장이 출판사를 내놨는데 인수할 의향이 있는지?"
그것이 내가 출판업에 발을 들여놓게 된 계기다.
이후 Y는 '열음사'와 '문학정신' 등에서 일하면서 내가 경영하는 출판사의 편집위원 역할을 했다. 편집위원이라고 해야 별다른 일이 주어진 것은 아니고 매주 한 번 저녁 식사를 하며 이런저런 이야기를 나누는 것이었다. 출판업에 문외한인 데다가 문단과도 발길을 끊고 있던 내게 Y는 창문 역할을 했고, 이따금 원고청탁서를 보내 나를 자극하기도 했다.
그의 부친이 돌아가셨다. 보라매병원 장례식장, 조문객들이 모두 돌아가고 몇 사람이 남았다. 새벽에 장지인 대구로 내려가야 할 터인데 운구할 사람이 필요했다. 새벽에 시인 L, 소설가 K, 나 그리고 누구 넷이 영안실에서 장의차까지 운구하는데 너무 가벼워서 왈칵 눈물을 쏟았던 기억이 난다.
어쩌다 보니 뜸해졌다. 내가 부친상을 당했을 때 불쑥 나타났고, 언제부터인가는 1년에 한두 번 안부 전화가 오갈 정도. 그리고 어느 해, 언뜻 모 일간지 출판국에 있다는 얘길 듣고 모처럼 전화를 했는데 웬일로 목소리가 탁했다. 너무 소원했나? 뭐 섭섭한 일이 있나? 그러고는 잊고 지내다 그 소식을 접했다.

지난해 4월 대장암으로 투병하다 세상을 떠난 윤성근(1960-2011) 시인의 유고 시집 〈나 한 사람의 전쟁〉이 출간됐다. (…) 죽음을 예감하며 투병 과정에서 써 내려간 '물통' '암병동' '복대' '고해' 등이 실렸다. (…) 김승희 시인은 발문에다 다음과 같이 썼다. "(윤 시인이) 임종이 가까워졌을 때 그는 시집 원고를 정리해서 아내에게 넘겼고 '부고하지 말 것과 동시에 1주기 때 유고 시집을 만들어 달라'라는 유언을 남겼다고 한다. 따라서 이 시집은 시인이 생전에 처음부터 끝까지 정리한 것이고, 시와 산문 제목, 토씨 하나까지 다 시인이 남긴 그대로이다.

외로운 날에는 혼자 있게 하소서.
슬픔이 차오를 때는 아무도 곁에 없게 하소서.
아무것도 바라지 말게 하시고
앞의 것들이 너무 큰 바람이면 내일은 적게 바라게 하소서.
용서해주시고, 더이상 용서를 빌지 않게 하소서.
바라건대 더 큰 고통은 조금만 주시고
그리고 또 아무것도 모르는 어린아이의 지능을 갖게 하소서.
이런 것들이 너무 큰 바람이라고 할지라도
해량해 주소서.

‥'고해' 전문, 윤성근 시인의 유작

그래, 그랬겠지 하면서도 너무 화가 나고 너무 막막하여 삼 년이 지난 지금까지 미망인에게 연락을 취하지 못하고 있다.
……창문을 연다. 새벽에 한바탕 가을비가 쏟아지더니 아무 일 없었다는 듯 날이 갠다. 가족묘 가는 길은 청명할 것 같다.

같은 시집이 두 권인 이유

장호원 이창기 시인이 오랜만에 시집을 내고 사인한 책을 보내왔다. 그리고 얼마 지나지 않아 우리 집에서 하룻밤을 지내게 됐는데 기다렸다는 듯 아내의 타박이 시작됐다.
"흥! 나는 안중에 없단 말이지? 어쩜 그럴 수 있어요?"
"…?"
"사인할 때 이능표 씨 이름만 썼잖아요?"
"에이, 그거야 부부니까, 둘이 같이 보면 되잖아."
"그게 말이 돼? 아무리 부부래도 그렇지!"
핀잔이 이어지니 기가 세기로 둘째라면 서러운 이창기 시인도 속수무책, 딴청을 하며 슬그머니 고개를 돌릴 수밖에.

강화도 '오규원나무'에 인사를 드리고 나서 식사 자리가 이어졌는데 함민복 시인이 자신의 시집을 몇 권 들고 왔다. 연락이 닿지 않았던 몇몇 사람에게 전하기 위해서였다. 책을 보자 분이 풀리지 않은 듯 아내가 다시 이창기 시인을 타박하기 시작했다.
"흥! 사람 무시하는 것도 아니고, 모르는 사이도 아니고……"
막 시집을 돌리려던 함 시인, 당황한 기색이 역력하다. 슬그머니 사라졌다 돌아와서 자신 있게 책을 건네주는데 내 이름 위에 아내 이름이 불쑥하니 덧붙여져 있다. 아내의 타박에 당황한 나머지 출간 당시 우편으로 책을 보내준 사실조차 잊어버린 듯했다. 우송된 책에는 가지런히 두 사람의 이름이 적혀 있었다.

누구시죠?

그 옛날 〈서울의 달〉로 주가를 올리고 몇 해 전 〈유나의 거리〉로 저력을 과시한 김운경 작가가 봉하마을을 찾았다가 조문을 마치고 내려오는 함민복 시인과 마주쳤다. 함 시인은 김운경 작가의 대학 10년 후배.

"오랜만이네! 눈이 빨간 걸 보니 밤샘했구먼?"

"네, 어제 내려왔습니다."

"시집은 꼬박꼬박 받아보고 있어. 참 좋더라, 산문집도 그렇고."

"고맙습니다."

"또 보자고."

추모를 마치고 내려오다가 함 시인과 다시 마주쳤다.

"웬일로?"

"좀 더 있다 가려고요."

"하긴, 발걸음이 떨어지지 않네."

이런저런 이야기를 나누다가,

"언제 한 번 일산으로 와. 한잔하게."

"네. 근데…"

머리를 긁적이며,

"누구시죠?"

후배들과 술을 마시다 소설가 이제하 선생님 얘기가 나왔다.

"한두 번 뵌 것도 아니고 심심풀이 화투판에 끼기도 했거든요. 근데 아직도 기억을 못 하신다니까요!"

억울함(?)을 호소하는 L 시인에게,

"나도 그래. 첫 시집 캐리커처도 그려 주셨고 몇 차례 인사도 드렸는데 여전하시더라고. 근데 정말 기억을 못 하시기야 할까? 놀리시는 거겠지. 최인훈 선생도 그러시잖아. 매번 같은 질문, 어디 사는가, 지금 뭐 하는가? 지난번에 말씀드린 걸 잊으셨나 싶지만 그게 그분 나름의 농담인 거야. 회사 다닐 때 나한테 뭐라고 물으셨는지 알아?"

"……?"

"요즘 경제계는 어떤가? 10년 내내 똑같은 질문을 하시더라니까!"

웃기시네!

나는 오규원 선생님 강의를 들은 적 없다. 그런데도 제자임을 자처한다. 선생을 뵌 것은 1984년 봄이었고, 스물여섯 살이었다. 전역하고 최인훈 선생께 인사를 드리러 갔는데 마침 옆자리에 앉아 계시던 오규원 선생을 소개해 주셨다. 인사를 올리자 선생께서 대뜸 '시 잘 쓰게 생겼네!' 하셨다. 선생께서는 관상까지 잘 보셨던 모양이다. 그러면서 특유의 천진난만한 미소를 지으셨는데, 갑자기 눈앞이 환했던 기억이 지금도 생생하다.

그날 이런저런 얘기 끝에 선생은 내게 책 한 권을 추천해주었고 독후감을 듣고 싶다고 하셨다. 김현의『젊은 시인들의 상상세계』였다. 1주일 후 찾아뵙고 떠듬떠듬 감상을 얘기했더니 예의 그 미소를 지으며 시를 보고 싶다 하셨다. 나는 냉큼 가져다 바쳤다. 30여 편이나 되는 시를 앉은자리에서 다 읽고 난 선생께서는 다시 1주일 시간을 주며 그중에서 일부만 골라 보라고 하셨다. (그 작품들을 전부 다 잡지사에 보내려고 했는데 선생께서 말린 것이다.) 1주일 후 찾아뵙고 골라낸 작품들을 보여드렸더니 고개를 끄덕이셨다. (그렇게 열일곱 편인가를 추려『문예중앙』에 투고했고) 그것들이 나의 데뷔작이다.

그해 겨울 데뷔한 나는 선생께 또 하나 기쁜 소식을 전했다.
"선생님, 저 결혼합니다."
눈을 동그랗게 뜨고 잠시 바라보던 선생께서 한 말씀 하셨다.
"웃기시네!"
다음 해 여름 동문 몇몇과 댁으로 놀러 갔다.
"직장생활하면서 매달 한 편씩 드라마도 쓰고 있습니다."
기고만장한 내게 선생께서 한 말씀 하셨다.
"웃기시네!"
1993년, 모처럼 선생을 찾아뵈었다.
"직장 그만두고 출판사를 차렸습니다."
위아래를 훑어보시던 선생께서 또 한 말씀 하셨다.
"웃기시네!"
스물여섯 살 때 뵙고 스물여섯 해가 지났다. 돌이켜보니… 선생 말씀이 모두 맞다.

1998년 두 학기 동안 '편집실기'를 강의했다. 강의 요일이 선생과 겹쳐 교수실로 자주 찾아뵈었다. 선생은 이때 이미 홀로 계단을 오르내리기 힘들어하실 정도로 건강이 좋지 않았다. 죄송스럽게 생각하는 것은 자동차를 몰고 다니면서도 출퇴근길에 선생을 모시지 못한 일이다. 일산에 살고 계셨으니 한동네인데 미처 그 생각을 못 했다. 당시 복잡했던 개인사 때문에 마음의 여유가 없었던 것이다. 연말에 누가 눈치를 준 것 같은데 개인적인 이유로 이듬해 강의를 포기하면서 사은의 기회를 놓쳤다. 그 후 몇 년을 더 정신없이 지내다가 안부편지와 함께 〈중국시인총서〉 한 질을

Photo by 이조라

교수실로 보내드렸는데 이때 선생께서는 건강이 더 악화하여 양평에서 요양하고 계셨다.
“선생님께 전화를 드렸어요, 책을 보내왔다고. 편지 읽어달라고 해서 읽어드렸고요.”
학과 조교에게 전해 듣고 한 번 찾아뵈어야지 했는데 끝내 그러지 못했다.

수목장을 마치고 내려오는 길에 진행을 맡은 이창기 시인이 물었다.
“어때, 괜찮았어?”
“좋았어. 봉분…… 흔적이 없으니까 마치…… 아무 일도 없는 것 같아.”

루저

내가 졸업한 고등학교에 재미있는 프로그램이 있다. 어느 하루 선배들이 모교를 방문해 후배들에게 자기 분야에 관한 강의를 해주는 것인데, 직종별로 강사와 교실이 배정되고, 학생들은 자유롭게 자신이 관심을 두고 있는 분야의 방에 입장하여 선배들의 강의를 듣는다. 강의 후에는 선후배 간 대화의 시간도 가짐으로써 직업에 관한 이해를 돕는다. 일종의 진로지도인 셈인데 나는 이 프로그램이 매우 유익하다고 생각한다.

아들 녀석을 대학에 보낸 다음 해부터 5~6년 동안 모처에서 무료 진학지도를 했다. 당시 온라인상에 '거전가(거의전문가)'라는 양반이 불쑥 나타나 위명을 떨치고 있었는데 그 흉내를 낸 것이다. 그때 느낀 것이 우리 아이들이 학문이나 직업이나 장차 그들이 맞이할 세상에 관해 너무 모른다는 것이었다.
"무슨 과를 원하니?"
"신문방송학과요."
"왜?"
"기자가 되려고요."

"근데 왜 신방과야?"

"기자가 되려고요."

"그러니까, 왜 꼭 신방과냐고?"

"아 글쎄 기자가 되려고 그런다니까요?"

또는.

"경영학과요."

"왜?"

"회사에 들어가려고요."

"근데 왜 꼭 경영학과야? 다른 학과에 비해 경쟁도 치열하고 입결도 높은데?"

"취직한다니까요? CEO가 꿈이라잖아요!"

우리나라 기자 중에 신문방송학과 출신이 몇 명이나 되는지 아느냐, 차라리 사회학이나 보건복지학이나 사학이나 뭐 그런 걸 해 보는 게 어떠냐, 내가 예전에 회사에 다녀봐서 아는데 경영학과 출신 몇 명 없었다, 차라리 법학을 하든지 행정학을 하든지 그것도 아니면 어문계열로 가든지 등등 한참 설득하면 겨우 고개를 끄덕인다. 반신반의하면서 말이다.

모교 행사에 초청돼 강사로 나갔다. 내 방에는 "문학 · 출판"이라는 푯말이 붙었다. 교탁 앞에서 아이들을 기다리는데 쭈뼛쭈뼛 대여섯 명이 들어와 앉는다. (전교생은 1,000명이 넘는 것으로 안다.) 다 온 건가? 어쨌든 강의를 시작하려는데 한 녀석이 슬그머니 일어나 나가더니 잠시 후 서너 명 데리고 들어온다. 문예반이란다. 명색이 문예반 직계 선밴데 제 딴에 수강생이 너무 적어 미안했고, 해서 만만한 몇몇을 강제로 연행해온 것이다.

"넌 몇 명이나 들어왔니?"
강의를 마치고 동기동창인 임에게 물었다.
"스물 댓 명."
"그것밖에 안 돼?"
나야 뭐 시인 중에서도 무명이고 출판으로 크게 성공한 인물도 못 되니 그렇다 쳐도 임은 자타가 공인하는 대중음악평론가 아닌가. 애들이 좋아하는 배철수 프로그램에도 고정출연하고 TV에도 자주 얼굴 내비치고 말이다.
"요즘 애들 다 그렇지 뭐. 나야 어차피 딴따라잖아. 금 변호사 방은 미어터지던데?"
금은 젊고 잘생기고 전도유망한 후배다. 임과 나는 씁쓸하게 웃고 말았다.

나 : 그래도 그렇지 속은 좀 상하더라.
아들 : 에이, 다 그래요.
나 : 우리 땐 문학 한다고 하면 여학생들한테 인기 짱이었는데.
아들 : 요즘엔 그거 루저(loser)들이나 하는 거로 쳐요.
나 : 아니 이놈이!

믿거나 말거나, 그 옛날 춘원이 서울역이나 평양역에 내리면 장안 기생들이 장사진을 쳤다던데……!

나와바리※

※ 영향력이나 세력이 미치는 공간이나 영역을 속되게 이르는 일본말.

고교 시절 함께 문학 활동을 했던 친구들 얘기다. 그 시절 나는 공부 잘하고 잘생긴 사람이 문학 하지 않는 걸 이해하지 못했다. 학교 안이나 밖이나 누가 공부 잘하고 잘생겼단 소리를 들으면 찾아가 함께 문학을 하자고 강짜를 놓았다. 그러니까 지금 말하려는 친구들이 다 그런 인물들이다.

결론부터 말하자면 이쪽 판에 결국 나만 남았다. 그 옛날 함께 뒹굴며 죽기 살기로 대들었는데 다들 딴 길로 새버린 것이다.

현재.

K1, 철학과 교수다.

K2, 알 만한 정치학자다.

Y, 대학에서 역사를 가르친다.

K1은 미국에 있고 1년에 한 번씩 한국에 들어온다.

"재미없어 죽겠어."

"왜? 이제 자리 잡았잖아. 정교수도 됐다며? 거기서도 교수는 '철밥통'이라며?"

"에이, 그럼 뭐해. 전공(동양철학) 강의는 눈곱만큼, 잘 알지도 못

하는 한국사나 문학 강의까지 하는데 뭐. 웃기잖니?"

"안 웃겨. 그럼 됐지 뭐."

"때려치우고 소설이나 쓸까 해. 기막힌 소설 한 편, 그게 남은 인생의 목표야."

"…?"

"좋은 소재가 있는데 말이야."

"쓰지 마. 재미없겠다."

K2는 우리 중 유일하게 대학 백일장 수상경력이 있다. 대학에서 정치학을 가르쳤고 김대중 정부 시절에 아태재단에서 일했다. 매일 아침 동향자료를 올리면서 꽤 신임을 받았는데 어느 해부터 건강이 나빠져 요즘엔 공식적인 활동을 거의 하지 않고 있다.

그런 그가 어느 날부터 시를 보내오기 시작했다. 처음에 몇 번, 멋모르고 감상평을 보냈다. 그러다 이게 아니다 싶어 일절 답장하지 않았다. 일기처럼 매일 날아드는 시에 일일이 답하기가 어디 쉬운 일인가. 한동안 답장하지 않자 며칠 뜸하더니 보란 듯이 소설을 한 편 보내왔다. 입을 꾹 다물었다.

"너도 메일로 시 받아보니?"

"야, 독후감 쓰느라 죽겠다!"

"히히."

"넌 안 써?"

"그러니까 길을 잘 들여야지."

"이런 뺀질이 같으니!"

꼬박꼬박 감상평을 보내주고 있는 동화작가 김이 억울해 죽는다.

어느 날.
"책으로 한 번 엮어보지?"
"……!"
감상평 안 보낸 죄를 면하고자 K2에게 선수를 쳤는데 긴가민가 하며 애잔한 눈으로 나를 바라본다. 가슴이 덜컹 내려앉았다.
"아니, 그거, 왜 그런 거 있잖아. 정치라는 게 요즘 이미지가 영 아니잖니? 근데 그게 원래는 되게 중요한 거잖아? 안 그래? 아내에게, 아니 아들에게 들려주는 정치 이야기, 뭐 그런 거 좋지 않을까?"
목소리가 심하게 떨렸다.

모 출판사의 의뢰를 받고 어린이용 역사책을 기획하면서 겸사겸사 흑석동 Y의 연구실로 놀러 갔다. Y는 대학에서 영문학을 전공했다. 졸업 후 무역회사에 다니다가 홀연 유학을 떠났고, 서양 지성사를 강의하는 교수로 변신했다.
"(비장하다) 혼란에 빠졌던 대학 시절, 결심했어. 50이 넘으면 그때부터 다시 시를 쓰겠다고."
어린이용 역사책 얘기는 듣는 둥 마는 둥 컴퓨터를 열고 프린터를 돌리더니 원고 뭉치를 내민다. 또 시다.
"(재빨리) 고대, 중세, 근현대 그리고 제3세계로 나누면 되겠지?"
"근데 막상 옛날 같지 않더라. 시란 게…"
"동양사 쪽은 필자를 따로 두는 게 좋겠지?"
"(간절하다) …?"
"많이 썼네! 아니, 좋아! 시 조오~치! 열심히 써. 근데 너…"

"(바싹 다가앉는다) …?"
"어디 투고하고 등단하고 그러려는 건 아니지?"
Y는 눈치가 빠르다. 그 뒤로 시 얘기 다시 꺼내지 않는다. 모를 일이다. 동화작가 김처럼 순진한 누군가가 열심히 감상평을 써대고 있을지.

원고 마감

소설가 P 선생께 전해 들은 얘기다. P 선생께서 문학사상 편집부장으로 있을 때 절친—같은 대학 같은 과를 나왔고, 같은 과 여학생과 결혼해 비슷한 시기에 각기 딸을 얻었으며, 한동안 같은 대학에서 강의했다—인 시인 S 선생의 에세이를 연재했다. 어려운 살림에 보탬이 되라는 뜻이었다.

S 선생은 조선일보 신춘문예로 등단을 하셨는데 데뷔 초 전셋집에 전화를 설치하고(당시는 전화가 매우 비쌌다) 온종일 그 옆에 붙어계셨다고 한다. 원고청탁을 받기 위해서.

"정식 시인이 됐으니 여기저기서 청탁이 올 거고, 원고료로 먹고 살 요량이었지."

S 선생 말씀이 그랬다. 어디 가능한 일이겠는가.

다시 P 선생의 전언.

"마감 때가 됐는데 원고를 줘야 말이지. 월간지 스케줄 뻔하지 않니? 그러잖아도 죽을 지경인데 큰일 났다 싶더라고."

사고 직전까지 갔던 첫 달을 겪고 요령이 생겼다.

"마감 일주일 전쯤부터 회사 근처 여인숙에 가둬 두는 거야. 원고 될 때까지."

그러고는 끼니마다 방문을 열어보고 살피는데 몇 날이 지나도 지지부진. 연재를 마칠 때까지 받는 사람이나 쓰는 사람이나 지옥이 따로 없었다.

"악몽 같은 몇 달을 보내면서 연재를 중단해 버릴까도 했는데 원고가 좀 좋아야 말이지. 내 생각에 그 정도 글을 써낼 수 있는 사람은 없었으니까!"

나중에 그 글들을 책으로 보았다. 김열규 서임수 이상섭 주종연 황동규 등 당대의 문장들과 공저인 〈여섯 사람의 에세이—零과 空 사이에서〉(1984, 청아출판사)가 바로 그 책이다. 나는 P 선생 말씀에 백 번 동감했다. 뭐랄까? S 선생의 글을 읽고 나면 다른 글은 한동안 읽기가 싫어진다고나 할까?

P 선생의 결론.

"생각해 봐. 스무 장짜리 원고를 일주일, 아니 한 달 내내 백 번이고 천 번이고 고치고 또 고쳐대는데 누군들 그 정도 못 쓰겠니? 문제는…"

P 선생은 진저리를 쳤다.

"스무 장짜리 원고를 한 달 내내 백 번 천 번 고치고 또 고칠 수 있는 끈기와 집중력을 가진 사람이 많지 않다는 거야."

이생수염전말기
李生鬚髥顚末記

두문불출하던 시절에 수염을 길렀다. 특별히 마음을 먹은 것은 아닌데 게으름을 피우다 보니 지저분해지기 시작했고, 그러려니 하고 놓아두다 보니 그럭저럭 수염이라고 할 만한 것이 되어버린 것이다.
두문(杜門)이라지만 요즘 세상 맘대로 되는 일이겠는가. 가끔 바깥출입을 했다.
"반드시 선생님께서 맡아 주셔야 합니다."
아내의 제자가 주례를 부탁하는데 거절하면 파혼이라도 할 기세였다.
"수염, 안 깎으셔도 됩니다."
부탁하는 처지에 별걱정을 다 한다.

추석을 지나쳤는데 세배마저 건너뛰기는 좀 그랬다.
아니나 다를까,
"안 그래도 궁금해하시더라고."
사모님께서 반기셨다.
전화 끊고 주섬주섬 옷을 챙겨 입는데 아내가 한마디 한다.
"그냥 갈 거예요? 수염 안 깎고?"

귓등으로 흘려듣고 집을 나서 선생님 댁 초인종을 눌렀다.

"자넨가?"

"네, 교수님."

문을 열어주시는데 눈앞이 훤했다.

"교수님?"

"자네?"

세배하고, 덕담이 오가고, 과일 나오고 차 나오고 옛날얘기 요즘 얘기가 이어지는 건 늘 그대로인데 그날은 좀 그랬다. 흰 수염을 길게 늘어뜨린 스승과 머리는 희끗희끗하고 코 밑은 시커먼 제자가 수염을 맞대고 백의민족과 한국문학의 발전을 위해 긴요한 얘기를 나눈 것 같은데 자세한 내용은 기억나지 않는다.

후배 : 수염 깎았소? 있어 보이던데 왜?

나 : 이거야 원! 독립운동을 하는 것도 아니고, 세 시간 동안 눈도 못 마주치고 힐끔힐끔 서로 수염만 살피는데 허파가 당겨 죽는 줄 알았다.

후배 : 크크, 좀 웃기긴 했겠소.

나 : 교수님도 참, 수염을 기르셨으면 미리 연통을 하시던지!

농담

하얗게 센 머리카락과 길게 기른 수염을 화제에 올리며,
"피부에 윤기까지 흐르니 도통을 하신 게 틀림없습니다."
"사람 참…"
세배 온 제자의 농을 흔쾌히 받아주며 덕담을 하시는데 평소와 다른 느낌을 받았다. 예전처럼 꼬장꼬장하지 않으셨기 때문이다. 지난날 선생께서는 갖가지 질문으로 제자들을 궁지에 빠뜨리곤 했다. 제자들은 질문에 답하거나 답을 내려고 궁리를 하면서 나름대로 사고 체계를 구축할 수 있었다.
늘 어려운 질문만 하시는 건 아니었다. 어느 날 길을 가다 제자인 아무개 작가와 마주쳤다. 반갑게 인사를 올리자 선생께서 물으셨다.
"지금 바쁜가?"
아무개 작가는 '차라도 한잔하자고 하시려나 보다' 하는 생각에 들뜬 마음으로 대답했다.
"아니요, 교수님. 저 지금 한가해요!"
"그래? 난 지금 바쁘네!"
선생께선 뒤도 안 돌아보고 쌩하니 자리를 뜨셨다.
선생께서는 또 '요즘 뭐 하나?' '지금 어디에 사나?' 자주 물으셨다. 한두 번은 '지난번에 말씀드린 걸 잊으셨구나' 싶어 다시 설명해

드리는데 대여섯 번 같은 질문을 받게 되면 아무리 제자라도 약간은 화가 나기 마련. 낯빛을 바로 하고 이를 악문 채 차근차근 설명하다 보면 중간에 말을 딱 끊으시고는,
"됐네. 그다음부터는 나도 아네!"

동화 한 편을 필명으로 출간했다. 어느 해 그만 그 사실을 실토하고 말았다.
— 그래? 근데 왜 책을 안 주는가?
— 교수님께서 읽을만하신 책이 아닙니다.
— 가져오게!
세월이 흘러.
— 아 참, 자네가 뭘 썼다고?
— 네? 아, 동화책입니다.
— 그래? 근데 왜 책을 안 주는가?
— 교수님께서 읽을만하신 책이 아닙니다.
— 가져오게!
다시 세월이 흘러.
— 자네가 뭘 썼다고?
— 동화책입니다.
— 왜 책을 안 주는가?
— 읽을만하신 책이 아닙니다.
— 몇 매나 되는가?
— 500매 가까이 됩니다.
— 500매? 흥, 대~작을 썼구먼!

어디까지 가 봤니?

모 항공사의 CF 카피다. 이 CF가 방영된 이후 '대한민국 어디까지 가 봤니?', '미국 어디까지 가 봤니?', '유럽 어디까지 가 봤니?' 등의 문구가 자주 눈에 띈다.
우리 행성 끝까지 가 보신 분을 알고 있다. 행성 곳곳은 물론 행성의 주인임을 자처하는 인류의 과거와 현재를 거쳐 마침내 미래에 도착한 드문 인간.
"우리 행성이 장착한 가장 이성적인 문장!"
그분의 저서 표지 리뷰에 그렇게 쓴 적이 있다.

#

이어지는 폭염에 헉헉대다가 '아홉 번 찌고 말린' 홍삼 생각이 났다. 찬장을 뒤져 홍삼 대편을 찾아 들고 선생님께 달려갔다.

어느 해 여름.
두문불출하고 있을 때 선생님께서 달려오셨다.
"도대체 무슨 일인가? 몸이 아픈 건가? 기운 내게! 내가 도와주겠네. 뭘 못하겠는가?"
아내가 내 상태를 과장되게 전한 듯 온갖 말로 제자를 달래시는데 얼마나 마음이 급했는지 러닝셔츠 위에 잠바를 걸치셨고 양말은 짝짝이였다.

흐린 조명 아래 창을 등지고 소파 깊숙이 눌러앉은 모습이 적적해 보였다. 선생께서 관심을 두실만한 화제를 꺼내 들고 분위기를 바꿔 보려고 애를 썼지만 매사 무심히 당신 말씀은 하지 않으시고 늙은 제자의 소소한 가정사를 살피셨다.
"아들이 군대에 갔다고? 얼마나 가 있어야 하는가? 계급은? 월급은 얼마나 받고? 옆집엔 누가 산다고?"
말씀에 피곤이 느껴져 일찍 일어났다.
"선선해지면 어디 가까운 데 소풍이라도 가시죠?"
"그러세."
현관까지 배웅을 나오며 난데없이 악수를 청하셨다. 잠시 호흡이 끊어졌고, 잡았던 손을 놓을 때는 먹먹했다.
집으로 돌아오는 길.
지난 봄 선생께서 하신 말씀이 생각났다.

"해방 이후 남한에서 생산된 가장 아름다운 문장, 피청구인 대통령 박근혜를 파면한다!"

시참과 시참
詩讖과 詩斬

'시참詩讖'이라는 말이 있다. 우연히 지은 시가 뒷일과 맞아떨어진다는 말이다. 예전에 펴낸 책 속에 이에 관한 예화가 나온다.

글 땜장이라는 직업이 있었나 보다. 양은 냄비 땜장이는 수없이 보아왔지만 아마 글 땜장이 얘기는 생소하리라. 이 땜장이는 남의 글방 도령이 짓다 만 글을 보충해서 지어주고 돈냥이나 얻어갔던 모양이다. 어느 날 선비 하나가 방안에 앉아서 열심히 글을 짓고 있었다. 그리고는 회심의 미소를 지었다.

水難穿石流岩頭 수난천석류암두

물이 돌을 뚫기 어려워 바위 위로 흐른다.

딴은 꽤 되기는 됐다. 이만하면 당할 자 없겠지 하는데 마침 글 땜장이가 지나가는 소리가 들린다.
"글 때시오. 글 때시오!"
선비는 당장 그 땜장이를 불렀다.
"만약 내 글에서 한 글자를 고쳐서 나보다 더 나은 글을 지을 수 있다면 내가 돈냥이나 내겠소."
그 땜장이는 잠깐 생각을 하는 척하더니 이내 한 글자를 덧칠하는 것이 아닌가.

水將穿石流岩頭 수장천석류암두
물이 장차 돌을 뚫으려고 바위 위로 흐른다.

대단한 솜씨다. 그러나 기상이 너무 세다. 결국, 그 글 땜장이는 역모에 가담했다가 잡혀 죽었다. '시참詩讖'이다.

이달에 마감해야 할 시 두 편을 준비하고 있다. 일이 잘 풀려 진작 탈고를 했다. 한껏 여유를 부리고 있는데 불현듯 좋은 생각이 생겨 한 편을 다시 썼다. 써놓고 보니 역작이다. 이삼일 배불러 지냈다. 그러다 일이 벌어졌다. 다시 보니 아닌 것이다. 수삼일 사투를 벌인 끝에 조각조각 난도질을 하고 말았다. '시참詩斬'이다.

독일 퓌센 노이슈반슈타인성, Photo by Narin Kim

다섯 번째 이야기

귀에 스치는 바람 소리

"

'선의'라는 것이 정의와 불의의 중간 자리에 있음을 경험으로 알고 있다.
긴장을 유지하면서 두루두루 유연하기란 얼마나 어려운 일인가!

"

귀에 스치는 바람 소리

오래전에 〈임신과 출산의 행복어사전〉이라는 책을 펴낸 적이 있다. 말 그대로 아이가 잉태되어 세상에 나오기까지의 과정을 다룬 책인데 그 과정이 얼마나 힘겹고 위태롭던지 마침내 출산에 이르러 아이가 태어나는 대목에서 교정지를 덮고 안도의 한숨과 함께 감격의 눈물을 흘렸다. 요즘엔, 삶이 또한 그러하다는 생각이 든다. 태어남이 그러하듯이 나날이 이어지는 삶 또한 그 자체가 감격이라는 것이다.

나이가 드니 몸 이곳저곳에 병이 찾아든다. 십여 년 전 열흘 넘게 눕지도 앉지도 못하고 잠도 못 자면서 헐떡거린 적이 있다. 폐에 물이 가득 찼던 것인데 최종적인 병명은 심부전으로 나왔고 지금까지 약에 의존하여 폐 속의 물을 빼내고 있다. 어느 날은 극심한 편도선 끝에 여러 날 동안 턱이 다물어지질 않더니 또 어느 날은 갑작스레 이명이 찾아와서 극심한 스트레스와 불면에 시달리기도 했다. 산고에 맞먹는다는 요로결석으로 죽을 고생을 하였고, 벌써 이년 째 고질적인 허리 통증을 안고 살아가고 있다. 그야말로 걸어 다니는 종합병동인 셈이다.

"가볍게 내달리며 귀에 스치는 바람 소리를 들을 수 없다면 그게 어찌 삶이랄 수 있겠니?"

며칠 전, 비만한 삶을 일깨우는 친구의 말에 뛰기는커녕 걷기도 마다하는 나는 변명을 하지 않을 수 없었다.

"느릿느릿, 살금살금 사는 것도 나쁘진 않아."

그리 말하면서 힘차게 내달려본 게 언제인가 생각해 보니 정말이지 그 기억이 아득하기만 했다. 친구의 말은 몸이 쇠해지는 것이 문제가 아니라 몸과 함께 정신이 허물어지는 것, 배에 기름기가 끼는 것이 아니라 영혼이 비만해지는 것이 문제라는 말일 터인데 내심 겁이 나고 가슴을 찌르는 말이 아닐 수 없다.

가구 배치

일터의 가구들을 재배치했다. 책상은 창문 앞에 있어야 한다는 선입견을 버리고 몇 걸음 물러나 앉으니 공간에 변화가 생겼다. 당장은 이게 마음에 드는데 언제 또 변덕이 날지는 모를 일이다. 아내와 나는 이 점에서 배짱이 맞는다. 지난날 이사를 자주 다녔는데 늘어나는 살림살이에 비교해 평수가 따라주지 못했다. 해서 좁은 공간에 짐을 쟁여 넣느라 틈만 나면 이리저리 가구의 위치를 바꿔 보는 것이다. 회사에서도 그랬다. 직원들이 퇴근한 뒤에 혼자 기를 쓰며 책상은 물론 책꽂이 복사기 프린터 등 각종 사무집기의 위치를 바꿔놓곤 했다. 그러면서 직원들의 너저분한 책상까지 깨끗이 정리를 했기 때문에 이튿날 출근한 직원들이 확 달라진 사무실에서 자기 자리를 찾느라 소란을 떨곤 했다.
오랜 경험에 비추어 볼 때 공간 관리의 첫 번째 요령은 불필요한 물건들을 내다 버리는 것이다. 그런데 그게 쉽지가 않다. 글쟁이나 편집자들의 경우엔 책이 가장 문제다. 언제든 다시 들여다봐야 할 것 같은 생각에 쉬 내놓질 못한다.
읽은 책을 쌓아두는 일과 관련해 얼마 전 시인 L이 구체적인 해결책을 냈다. 이른바 '장서기부릴레이'다. 헌책방에 장서를 기부하면 헌책방에서는 기부받은 책을 판매하면서 기부자와 관련한 조촐한 행사를 개최해 독자들과 만남을 주선한다. 기부자의 독서이력에 기대어 갖가지 주제 토론과 소통이 이뤄지고, 이로써 개인의 서재에 잠들어 있던 문화 적체積滯가 부활할 수 있다.

Photo by Narin Kim

인문학
—
또는
—
대학의 위기

'기업형 인재'라는 말에 많은 것이 담겨 있다. 취직해야 하는데 수요자인 기업 측에서 인문학 전공자를 홀대하니 이 학과들이 문제가 되고, 졸업생 취직률이 낮으면 대학평가에서 좋은 점수를 받지 못하니 대학들은 교육 당국의 눈치를 보며 헛손질을 해댄다. 그렇게 철학과가 없어지고 국문학과가 아시아문학부로 편입되는 것이다. 정치학과 교수인 고교동창은 학과 이름을 '경찰행정학과'로 바꾼 뒤 학생 지원이 늘었다며 싱글벙글했다. 이공계도 사정은 크게 다르지 않아서 모 대학 화공과 교수들은 이제 '와인발효식품학과'에서 강의하고 있다.

상거래에 '수익자 부담의 원칙'이라는 말이 있다. 내로라하는 경영자들은 한입으로 '사람이 곧 기업'이란다. 그렇다면 자기들 회사에 필요한 인재를 스스로 만들어 쓸 일이지 왜 대학에 덤터기를 씌우는가. 대학이 노무자(그들이 말하는 '기업형 인재')를 생산하는 하청 공장인가?

30년 전, 이른바 재벌기업에 들어가 부서 입직교육을 시작으로 기초회계, 품질관리(QC), 노무, 어학 등 별의별 교육을 다 받았다. 과장해서 "일하러 왔지 교육받으러 왔나." 할 정도였다. 양해를 구하고 자랑을 좀 하자면, 입사 2년 차 때 회장실에 차출돼 6개월 동안 국제 행사의 실무자로 일한 적이 있다. 일이 끝나고 내로라하는 재계인사들 앞에서 회장으로부터 칭찬과 금일봉을 하사받았다.

"자네 같은 사람이 우리 회사에 있다는 것이 참 자랑스럽네."

회장은 어깨를 두드려주었고 나는 한동안 의기양양했다. 내가 경제계 거물 회장으로부터 칭찬을 받을 수 있었던 것은 순전히 '문예창작과'에서 열심히(?) 공부한 덕분이다. 농담만은 아닌 것이 당시 '생각의 원점에서'라는 나라 밖 한 기업 슬로건이 회장의 마음을 사로잡고 있었다. 생각해 보라. 문학을 비롯한 모든 예술과 철학이 바로 그 '생각의 원점'에서 시작되는 것 아닌가! 인문학도들에게 그건 능력이 아니라 습관이 아닌가!

"입사해서 3년은 지나야 밥값을 한다."고 했다. 그 3년 동안 기업이 투자하는 것인데 요즘의 '기업형 인재'라는 말에는 기업의 직무유기와 함께 인재 비용 전가 의도가 숨겨져 있는 듯하다. 먹고사는 문제가 달리다 보니 교육에도 가진 자의 논리가 적용되는 것인가?

남은 책

출판사를 경영하는 분은 알겠지만 재고관리가 쉽지 않다. 책이란 것이 '위탁판매'를 하다 보니 반품에 대비하지 않으면 밖으로 남고 안으로 손해 보는 일이 종종 발생한다. 오래전 이 문제에 관해 H사 모 주간에게 자문을 구한 적 있다. 당시 H사는 400만 권 이상이 팔린 초대형 베스트셀러를 내고 있었다.
"어떤 책도 '끝물'이라는 게 있어요. 그걸 아는 게 중요해요."
"…?"
"대학가 근처 서점 주문 상황을 체크해요."
영리하고 의심 많은 대학생이 책을 사기 시작하면 대중적인 베스트셀러는 '끝물'이라는 얘기다.

좀 다른 얘기.
2006년 이후 거의 개점휴업 상태였는데 몇 권의 책에 관해 독자들로부터 꾸준하게 문의가 들어왔다. 고교동창인 임진모(대중음악평론가)의 〈세계를 뒤흔든 대중음악의 명반〉 〈우리대중음악의 큰별들〉 그리고 윌리스 파울리의 〈반역의 시인 랭보와 짐 모리슨〉 등이다. 저자에겐 죽을죄에 해당하지만 임진모의 책들은 500페이지 내외의 방대한 분량에 본문이 모두 컬러로 되어 있어 엄두가 나지 않았다. 초판 1, 2쇄를 거치면서 상당한 독자들을 만났고, 이제 엄청난 제작비 투자와 비교해 판매 속도는 더딜 것이기 때문이다. 이런저런 고민 끝에 그나마 가벼운 〈반역의 시인 랭보와 짐 모리슨〉을 다시 찍었다. 2001년 초판, 10년 만인 2011년의 일이다.

결과는 예상대로였다. 한동안 나가는 듯싶더니 판매는 뚝 끊겼고, 이리저리 사무실을 옮겨 다니다 보니 제작비는 그렇다 치고 남은 책들을 쌓아둘 일이 걱정이다. 하는 수 없이 수백 권 잘라 버렸는데, 이런! 웬일로 두세 권씩 매일 주문이 들어온다. 웃어야 할지 울어야 할지.

또 다른 얘기.

직접 출판을 하고도 특별히 애착이 가는 책이 있다. 내 경우 리차드 브라우티건의 〈워터멜론 슈가에서〉가 그런 경우다. 번역은 최승자 시인이 했다. 아이오와 국제창작프로그램에 참여했다가 돌아오면서 구해온 책인데 원래는 그 번역 원고가 '세계사'로 갔었다. 당시 '세계사'는 프랑스소설선인가를 내고 있었던 것으로 기억한다. 신혼 때부터 알고 지내던 편집자가 자기 쪽 기획에 맞지 않는다며 원고를 내게 보내준 것이다.

1995년 5월 15일 초판 발행, 5천 부를 찍고 선전을 했지만 천여 권의 재고가 남았다. 1998년, 모교에서 1년 동안 먹고사는 일(→편집)을 강의했다. 마지막 날, 재미없는 강의를 들어준 후배들에게 미안함의 표시로 한 권씩 나눠줬다. 그러고 나서 이상한 일이 발생했다. 한동안 꿈쩍도 하지 않던 책이 다시 팔려나가기 시작한 것이다. 더 찍어낼 방법이 없었다. 그 사이 저작권법이 바뀌었고 IMF라는 암초를 만난 출판계는 한 치 앞을 내다볼 수 없는 나락으로 빠져들고 있었다. 훗날 저작권 계약을 추진했을 때는 한 발 늦어 이미 국내 다른 출판사와 계약이 체결된 뒤였다. 감성적인 문학 애호가들이 많이 인용하는(나중에야 안 일이지만) 다음과 같은 대목이 이 안에 있다.

내가 누구인지 당신은 좀 궁금해하겠지만, 나는 정해진 이름을 갖고 있지 않은 그런 사람들 중의 하나다. 내 이름은 당신에게 달려 있다. 그냥 마음에 떠오르는 대로 불러다오.

당신이 오래전에 있었던 어떤 일에 대해 생각하고 있다면, 예를 들어 누군가 당신에게 어떤 질문을 했는데 당신은 그 대답을 알지 못했다.

그것이 내 이름이다.

어쩌면 아주 세차게 비가 내리고 있었는지도 모른다.

그것이 내 이름이다.

아니면 어떤 이들이 당신에게 뭔가를 해달라고 했다. 당신은 그렇게 했다. 그러자 그들은 당신이 한 것이 틀렸다고 말했다. '잘못해서 미안합니다.' 하고서, 당신은 다시 다른 뭔가를 해야 했다.

그것이 내 이름이다.

어쩌면 그것은 당신이 아이였을 때 했던 놀이거나, 아니면 당신이 늙어 창가의 의자에 앉아 있을 때 마음속에 아무렇게나 떠오르는 어떤 것이다.

그것이 내 이름이다.

어쩌면 당신은 어느 강물 속을 응시하고 있었을지 모른다. 당신 가까이에 당신을 사랑하는 사람들이 있었다. 그들은 마악 당신을 만지려 하고 있었다. 당신은 그렇게 하기 전에 그걸 느낄 수 있었다. 그리고 그렇게 되었다.

그것이 내 이름이다.

혹은, 당신은 아주 멀리서 어떤 이들이 부르는 소리를 들었다. 그들의 목소리는 메아리에 가까웠다.

그것이 내 이름이다.

어쩌면 당신은 침대에 누워 거의 잠들려 하고 있었는데, 하루를 끝내기에 아주 좋은, 뭔가, 혼자 하는 농담에 웃음이 나왔다.

그것이 내 이름이다.

혹은 당신은 뭔가 맛있는 걸 먹고 있었고, 자기가 뭘 먹고 있는지를 잠시 잊어버렸지만, 그러나 계속 먹으면서, 그게 맛있다는 걸 알고 있었다.

그것이 내 이름이다.

어쩌면 그건 자정 무렵이었고, 그리고 스토브 안에서 불길이 조종(弔鐘)처럼 울리고 있었다.

그것이 내 이름이다.

혹은 당신은 그녀가 당신에게 그 일을 얘기했을 때 좋지 않은 기분을 느꼈다. 그녀는 그걸 다른 어떤 사람에게 얘기할 수도 있었을 텐데 말이다. 그녀의 문제들을 잘 아는 다른 어떤 사람들에게.

그것이 내 이름이다.

어쩌면 송어들은 깊고 잔잔한 곳에서 헤엄쳤지만, 그러나 그 강은 겨우 8인치 너비였고, 달이 아이디아뜨를 비치고 있었고, 그래서 워터멜론 들판은 걸맞지 않게 어둡게 빛을 발했고, 그래서 모든 초목들로부터 달이 솟아오르는 것 같았다.

그것이 내 이름이다.

그리고 나는 마가렛이 날 가만 내버려 두었으면 좋겠다.

·· 본문 중 '나의 이름', 최승자 역

초판 1쇄

초판은 몇 부를 찍는 게 적당할까? 작가와 작품 그리고 출판사의 마케팅 능력에 따라 경우가 다르겠지만 오래전 호시절에는 그랬다. 일반적으로 소설은 5천 부, 에세이는 3천 부, 시집은 2천 부. 90년대 초 상황이다. 그때는 '광고빨'이라는 것도 있어 신문 쪽 광고 몇 번이면 어렵지 않게 재판을 찍기도 했다.

나는 안 팔리는 책 만드는 재주가 탁월하다.

소설가 C 선생의 말씀.

"넌 마음이 약해서 탈이야. 출판이라는 게 사무실 구석에 틀어박혀 짜장면 먹으면서 하는 거야. 짬뽕도 과하다니까! 안 될 것 같으면 안면박대해야지 이래서 내주고 저래서 내주면 출판사 운영이 되겠니? 냉철한 경영 마인드를 가지고…"

2002년에 〈중국시인총서〉라는 걸 냈다. 〈시경〉부터 중국의 현대 시인들에 이르기까지 총 72권 분량이다. (이런저런 사정으로 10여 권은 미출간) 각 1천 부씩 초판을 찍었는데 아직도 재고가 남아 있다. 출간된 60여 권 중 재판 이상을 한 책은 이백과 두보, 도연명 정도. 알 만한 시인들이야 다른 출판사 책도 있으니까 그렇다 치더라도 잠참이나 고적, 죽림칠현, 반악, 육기, 사령운,

사조, 유신, 하손 등 국내 초역된 시인들은 좀 달라야 하지 않겠는가? 답답한 마음에 기획 단계부터 일을 함께한 이종진 교수께 물었다.

"도대체 이 책들을 누가 읽을 거로 생각하십니까?"

"글쎄요. 중국 문학 전공자? 그중에서도 대학원생? 그중에서도 해당 시인 연구자?"

맙소사. 가슴을 칠밖에.

2년 전 이화여대 중국문화연구소에서 연락이 왔다. 연구소장은 또 이종진 교수.

"국내 초역이고, 열세 권쯤 될 거예요."

이번엔 〈명대여성작가총서〉다. 작가와 작품들에 관해 설명을 듣는데 그 시절 시뿐만 아니라 사詞와 곡曲을 망라한다는 데 깜빡 넘어가고 말았다. 사무실에 돌아와 창고 가득 꽂혀 있는 〈중국시인총서〉를 보는 순간 아차 싶었지만 어쩌랴.

첫 권 〈이인시선〉은 천 권을 찍었다. 고맙게도 평소 알고 지내는 인쇄소 사장이 그동안 조금씩 모아둔 종이가 있다며 무상으로 찍어주었다.

"동시대 시인들 시도 안 읽는데 도대체 누가 명나라 여자들 시를 읽는단 말인가?"

그런 생각이 들었고, 두 번째로 넘어온 〈산문선〉과 〈심의수시선〉은 발간 부수를 오백 권으로 줄였다. 그리고 맨 나중에 넘어온 〈심의수사선〉과 〈엽환환 · 엽소환 · 엽소란시사선〉 등은 삼백 권만 찍음으로써 참사를 피했다.

작가와 편집자

전화가 왔다. 급히 책 한 권을 계약했으면 한단다.
"무슨 내용인데?"
"이런 것도 있고 저런 것도 있는데 당장은 곤란하고 원고는 3~4개월쯤 뒤에나…"
필시 어려운 형편인 게다. 이럴 땐 규모가 좀 있는 출판사가 좋다. 몇 군데 전화했다. 다행히 모 출판사가 저자 쪽 요구사항을 흔쾌히 받아들이면서 계약이 성사됐다. 정중하게 거절 의사를 밝힌 모 출판사 얘기.
"죄송해요. 저희는 기획소설만 해요. 본격문학 쪽은 아직 자신이 없어서…"
"죄송하긴요, 대단히 잘하시는 거예요. 시장도 안 좋은데 천천히, 조심조심!"
진심이고 노파심이다. 그 출판사는 근년에 두 종의 시리즈 소설이 연달아 성공을 거두면서 자리를 잡았다. 그런데도 그는 늘 겸손하고 무리하는 법이 없다.
"일 년에 대여섯 권, 그것도 원고 작업이 늦어지면 장담을 못 해요."
이해가 간다. 비슷한 경험이 있다. 출판사나 집필자 쪽의 기획안(영화나 드라마의 시놉시스 같은)을 바탕으로 원고 작업을 진행하는 것이다. 기획안과 작가가 정해지면 원고가 완성될 때까지 출판사는 매달 생활비(때에 따라서는 취재비까지)를 지급하고 책이 출간되면 인세에서 공제한다. 원고 집필 기간은 상호 합의하여 정한다. 형편이 넉넉지 못한 출판사나 작가에게 무리가 아닌 방법이 아닐까 생각한다. (물론, 이걸 좀 낯설게 생각하는 작가들도 있다.)

잘된 일도 있고 그렇지 못한 일도 있다. 아니, 사실은 안 된 일이 더 많다. 좋은 생각이 다 좋은 원고가 되어 나오는 것은 아니기 때문이다.

한 번은 원고 작업이 수년 동안 이어졌다. 소재가 좋고, 기본 줄거리도 튼튼해서 미련을 버릴 수가 없었다. 원고지 3,600장 분량의 소설을 읽고 또 읽고, 쓰고 다시 쓰고 하면서 편집자와 작가 모두 기진맥진, 그 사이 작가는 모 문예지에 중편소설이 당선되어 등단했다.

"저, 이거…"

어느 날 작가가 서류 한 장을 내밀었다. 원고포기각서. 공식적인 항복문서인 셈이다. 지칠 대로 지친 데다 편집자는 OK를 낼 조짐을 보이지 않고, 무엇보다 그동안 건네받은 생활비가 부담되었던 듯싶다. 이런 경우 어떻게 할까?

"당치 않아요. 하지만 이 상태로 출판할 수는 없어요. 훗날 다른 곳에서 이 책을 출판하게 되면 최종 원고를 저한테 한 번만 더 보여주세요. 마지막으로 검토할 수 있게."
오륙 년이 지나 그 책은 다른 곳에서 출판됐다. 결과적으로 나는 일찍이 레온 유리스가 피력한 훌륭한 편집자는 못 되었다.

아브라함 캐디에게 그것은 대단한 경험이었다. 데이빗 쇼크로스는 자기가 왜 세계에서 가장 뛰어난 편집자 가운데 한 명인지를 여실히 보여주었다. 그는 아브라함 캐디의 손을 빌려 쓰는 것이 아니라, 아브라함 캐디에게서 최상의 것을 뽑아냈다. 기본적인 이야기 전개 방식은 많은 작가가 배우지 못한 핵심 요소였다. 주인공을 나무 위로 올려보내라. 밟아온 나뭇가지를 베어버리고 나아가게 하라. 절묘한 서스펜스의 순간에 한 단원을 끝내라. 그리고 모든 새로운 작가들이 너무 많이 쓰는 기본적인 악담들, 너무 적게 쓰는 것들, 여러 단원에 스며들게 해야 할 상황을 두어 줄로 끝내버리는 성급함, 미묘하게 설교할 수 있는 한 그 설교는 상관없지만, 이야기의 흐름을 방해하는 말을 하게 하지 말 것. 그리고 소설가들이 거의 알지 못하는 핵심 트릭. 소설가는 마지막 단원에서 할 말이 무엇인지를 알아야 하고, 어떤 식으로든 그 마지막 단원을 향해 이야기를 끌고 가야 한다. 허다한 작가들은 좋은 아이디어로 이야기를 시작해 첫 단원에서 그것을 다 뱉어내고 추락해 버린다. 그런 작가들은 자기도 모르게 처음부터 산의 정상에 올라가 있었기 때문이다. 아브라함 캐디는 주의 깊게 귀를 기울였고 담담하게 질문했다. 그리고는 노퍽으로 돌아와 자신의 글을 고쳐 쓰기 시작했다.

·· 레온 유리스의 〈7호법정〉 중에서, 승영조 역

공자와 노자

나는 <논어> 마니아다. <오 PD의 논어 오디세이 1084>라는, 무려 1084페이지에 달하는 책을 낸 적이 있다. 책을 쓴 이는 MBC 라디오 오성수 PD로 영문과 출신이다. 논어의 매력에 빠진 비전공자가 풀어낸 논어, 색다른 재미가 있다. 나는 사실 논어는 '주희가 집주한 논어', 즉 <논어집주>가 제격이라 생각하고, 전공학자의 원고를 지금까지 출판 전 상태로 보관하고 있다. 오 PD 책을 먼저 낸 것은 본문의 '吳註', 우리 현실에 빗대 풀어낸 오 PD의 주석 때문이었다. 이 책을 펴낼 당시 미국에 있는 K1과 메일을 주고받았다.

나 : 논어 재밌데! 인물로 보나 인격으로 보나 너보다는 내가 공자 문하에 들어갔어야 했는데. 그랬으면 훌륭한 학자 하나 나왔을 텐데.

K1 : (콧방귀 소리가 태평양을 건너왔다) 子曰 年四十而見惡焉 其終也已!

사십이 넘어서도 미움을 받으면 인생 끝났다는 얘긴데 어느 틈에 마흔하고도 여섯이나 되어 있었다. 슬그머니 뒤통수가 당겼다. 이리 보고 저리 봐도 빠져나갈 구석이 없다. 끝난 건가? 아니지. 천성이 낙천적인 나는 곧 꾀를 냈다. 그래. 공자 때하고야 시대가 다르지. 수명은 늘고 세상은 복잡하고, 한 10년쯤 인플레가 되지 않았겠어? 나는 '年四十'을 '年五十'으로 고쳐 썼다. (아아, '年六十'으로 고칠걸!)

K1의 저술 중에 〈노자 : 삶의 기술, 늙은이의 노래〉(들녘)라는 책이 있다. 880쪽에 달하는 노작이다. 보통 노자 하면 〈도덕경〉을 떠올리는데 이건 〈덕도경〉이다. 1973년 중국 호남성 장사의 마왕퇴에서 발굴된 〈노자〉를 따라 '도경'보다 '덕경'을 앞세웠다. 아울러 1993년 중국 호북성 형주 근교의 곽점에서 발견된 초간본楚簡本 〈노자〉도 반영했다. "두 차례에 걸친 세기의 발굴을 기반으로 〈노자〉에 관한 새로운 연구를 시도했다."는 게 학계의 평가다.

천하의 공자도 노자에 대해서는 깊은 존경심을 지니고 있었다. 공자가 주나라에 가서 노자에게 가르침을 청하자 노자는 이렇게 대답했다.

"그대가 옛 성현이라고 우러러보던 이들은 이미 육체나 뼈마저 썩어 버리고 다만 남은 것이라고는 그 빈말들뿐이다. 게다가 군자라는 작자도 때를 잘 만나면 마차를 타고 건들거리는 몸이 되기도 하지만, 때를 만나지 못하면 바람에 어지럽게 흐트러진 산쑥대같이 이리저리 떠돌아다니는 신세가 될 뿐이다. 내가 들은 바에 의하면, '훌륭한 장사꾼은 물건을 깊숙이 감추어 언뜻 봐서는 점포가 빈 것 같고, 군자는 많은 덕을 지니고 있으나 외모는 마치 바보처럼 보인다.' 했다. 그대도 제발 그 교만과 욕심, 그리고 잘난 체하는 병과 잡념을 버리는 것이 좋을 것이다. 이런 것들은 그대에게 아무런 소용도 없는 것이다. 내가 그대에게 하고 싶은 말은 이것뿐이다."

공자는 돌아와서 제자들에게 이렇게 말했다.

"새가 잘 날고 물고기가 헤엄을 잘 치며 짐승이 잘 달린다는 것은 나도 알고 있다. 달리는 놈이라면 그물을 쳐서 잡을 수 있고, 헤엄치는 놈이라면 낚싯줄로 낚을 수 있으며, 나는 놈은 주살로 쏘아 잡을 수 있다. 그러나 용에 이르러서는 구름과 바람을 타고 하늘로 올라가니 나로서는 알 수 없다. 내가 오늘 만나 뵌 노자는 마치 용과 같은 인물이라고나 할까?"

공자가 노자를 찾아가서 '예'에 관해 물었다는 유명한 고사다. 내가 공자고 K1이 노자라는, 그런 얘기 절대 아니다.

칼잡이들

대통령은 신문을 볼까? 회장은? 사장은?

인터넷이 발달한 요즘은 어떤지 모르겠다. 직장 시절, 매일 스물몇 개나 되는 신문을 빠짐없이 읽는 것이 주요 업무 중 하나였다. 자사 관련 기사는 물론 회장이 읽어야 할(또는 읽고 싶으리라 짐작되는) 기사를 솎아낸 다음 별도의 용지에 오려 붙여 비서실에 올려보내는 것이다.

스케줄이 바쁜 회장을 고려한 것이지만 여기에 '사실'이 아닌 '의도'가 개입될 때가 있다. 같은 사안이라도 신문사에 따라 기사가 빠지거나, 싣더라도 배치나 크기를 다르게 할 수 있는데, 윗사람 심기를 살펴 입맛에 맞을만한 것을 오려 붙이는 것이다.

"어떻게 저렇게 민심을 모르지? 신문을 읽기는 하나? 입맛에 맞게 재편집된 신문으로 세상을 보는 거 아닐까?"

사회 지도층의 철벽 불통을 볼 때마다 그런 생각이 든다.

동료들끼리 칼솜씨를 겨루곤 했다. 커터로 1면 기사를 오려내는데 3면에 칼자국을 남기지 않는 뛰어난 칼잡이들이 수두룩했다.

하나 더.

집이나 사무실에서 받아보는 '배달판' 말고 '가판'이라는 것이 있다. 저녁 여덟 시쯤 익일 조간이 가판대와 지하철에 뿌려진다. 돌아가며 이 가판을 체크하는데, 불리한 기사가 발견되면 즉각 비상 연락망이 가동된다. 전쟁터를 방불케 하는 그다음 상황은 상상에 맡긴다. 가판과 배달판은 같지 않다. 기사가 아예 빠져버리거나 논조나 크기, 배치 등이 달라지기도 한다.

여섯 마리 용이 어쩌고 하는 드라마를 보는데 조선 시대 언론 삼사인 사간원 사헌부 홍문관 얘기가 나온다. 예나 지금이나 지도자의 '소통'을 좋은 정치의 출발점으로 본 것이다.

출간 전 연재

'출간 전 연재'라는 것이 있나 보다. 독자의 반응을 미리 살펴보자는 것이겠다. 출판사가 개설한 카페에 조만간 출간될 새 책의 원고를 분재하는데 여기에 회원들의 댓글이 달린다. 반응이 실시간 드러나니 보통 신경이 쓰이는 게 아니란다. 동시에 연재하는 다른 필자들하고 비교도 되고 말이다. 장편동화를 연재했던 아무개 시인 왈.

"목구멍이 포도청이라고 별짓을 다 하고 있다니까요. 동화 써서 올리랴, 댓글 살피랴, 'ㅋㅋ' 아양 떨며 답글 쓰랴."

한때 판타지 소설이 맹위를 떨친 적이 있다. 그 대부분이 인터넷에 연재되었던 것으로 수백만에 달하는 누적 조회 숫자를 출간 기준이나 홍보 수단으로 삼곤 했다. 판매에 실패했지만 나 역시 K-1을 소재로 한 인터넷 장르 소설을 한 권 낸 바 있다.

다른 나라 사정은 잘 모르겠지만 영화를 보면 새 책이 나오기 전에 여러 도시를 순방하며 독회를 여는 장면이 나온다. 책을 출간하고 나서야 북 콘서트니 뭐니 하며 홍보를 시작하는 우리와는 비교가 되는데, 그 방법이 더 합리적이지 않나 하는 생각이 든다.

이미 조짐이 발견되고 있지만 페이스북과 같은 SNS가 출간 전 연재나 독회의 대안이 될 수 있지 않을까 하는 생각도 해본다. 이것을 사전 원고 유출로 보는 출판사나 저자의 우려를 모르는 바는 아니다. 하지만 예전의 신문연재소설(뿐만 아니라)이나 인터넷 연재소설(뿐만 아니라)의 경우를 볼 때 꼭 그렇지만은 않다는 생각이 든다. 반응이 영 시원찮으면 출간을 보류하고, 출간을 결정하게 되면 페이스북에 연재했던 글은 내리는 것이 좋을 것이다.

전설

유운은 성품이 호탕하여 시시한 예절 따위는 조금도 거리낌이 없었다. 일찍이 충청 어사가 되어 처음으로 공주에 이르러 혼자 생각하기를, '이 고을 태수가 예쁜 기생을 보내 수청을 들리겠지' 하고 미리부터 방안에 병풍을 치는 등 준비를 하고 벌떡 누워 기다렸다. 그러나 공주의 관리들은 생각이 달랐다. 그의 신분이 어사인 만큼 다른 감찰과는 달리 인품이 높을 것이고, 그래서 까딱하다가는 큰일이 날까 두려워서 감히 기생을 들여보내지 못하고 통인(지방 관아의 벼슬아치 밑에서 잔심부름을 하던 사람—필자 주)만 보내 아랫방에서 시중을 들게 하였다. 그리하여 어사는 밤새도록 잠 한숨 못 자고 이리 뒤척이고 저리 뒤척이는데 전혀 인기척이 없었다. 이튿날 아침 떠날 무렵에 절구 한 수를 지어 병풍 머리에 쓰기를,

공주 원님 어사 위엄에 눌려

어사의 풍정이 어떤지 미리 알지 못해

텅 빈 여관방에서 긴긴밤 혼자 지새려니

남방에 온 어사 행색이 중보다 쓸쓸하구나.

公山太守縴威稜　공산태수격위릉

御史風情識未曾　어사풍정식미증

空館無人消永夜　공관무인소영야

南來行色淡於僧 남래행색담어승

시를 본 사람들 모두 깔깔대며 웃었다.

· · 김정국(1485~1541)의 〈사재척언思齋摭言〉에서. 〈화전〉에서 재인용

오래전 회사에 다닐 때 취재차 지방 출장을 가곤 했는데 선배 사원들이 들려주는 전설이 있었다. 울산 가면 어디서 밥 먹고 부산 가면 어디서 자고 원조 언양 불고깃집은 어디고 창원 횟집은 어디가 제일이고 구미 당구장은 어디가 좋고 하는 식이다. 그중 아무래도 눈이 번쩍 뜨이는 정보는 역시 술집 전설. 대구 터미널 근처 어디 가면 정말 좋은 데가 있단다. 양복 입고 007가방 들고(출장객 모습이 대개 그렇다) 얼쩡거리면 어디선가 묘령의 처자가 나타나 좋은 술과 안주를 대접한다는 뭐 그런 얘기다. 해서 어느 해 마침내 함께 출장을 떠난 동기와 대구 터미널 근처에서 얼쩡거려 봤는데 찬바람만 쌩—!

동기와 나 : 에이 거짓말! 아무리 얼쩡거려도 개미 새끼 한 마리 얼씬 안 하더라!

선배 : (두 사람을 빤히 보더니) 이런 샌님들, 행색하곤! 거울 좀 봐라. 어떤 정신 나간 처자가 너희들 앞에 얼씬거리겠니? 그래서 뭐 했는데?

동기와 나 : 뭐하긴, 포장마차 가서 맛대가리 없는 이상한 소주 마셨죠. 생전 처음 보는 건데 소주 이름이 뭐라더라?

후배 사원이 들어올 때마다 전설을 전했다. 그들은 어땠는지 모르겠다.

시인과 부인

아내 : 시인이 싫어. 너무 많아 시인이! 실속도 없고 진정성도 없으면서 너도 시인 나도 시인! 시인 뽑을 때 좀 더 엄격한 기준이 필요한 것 같아. 일단 심사위원이 열 명 이상은 되어야 해. 몇몇이 둘러앉아 시 몇 편 보고 덜컥 뽑아 놓으니까 이 모양인 거야!
나 : 어, 그러니까 그게, (맞는 말 같기도 하고) 어느 분 말대로 인성검사나 심리테스트 같은 걸 필수항목으로 넣으면 어떨까? 시인 선출(선발이라고 해야 하나?)할 때 말이야. 나야 원래부터 등단제도에 반대하는 사람이긴 하지만.
아내 : 등단제도마저 없애면 또 어쩌라고? 시인입네 소설가입네 위세 떠는 사람이 넘쳐 날 텐데?
나 : 편집자와 독자들이 진짜를 가려내야지. 누구든 시인이나 소설가가 되고 싶으면 출판사에 곧바로 투고하는 거야. 요즘은 등단한 작가나 시인들도 책을 낼 때 출판사 투고 과정을 거치는 경우가 많거든. 등단이라는 기준이 없어지면 출판사가 좀 더 작품에만 비중을 두고 출간 결정을 하게 되지 않을까? 신인의 경우 특

히 더하겠지. 회사 명예와 책의 성패가 달린 일이니 그만큼 선별에 신중할 테고.

아내 : 그래서, 출판사가 권력이 되면 그건 또 어쩔 건데?

나 : 그러게. 그럴 수도 있겠네. 역시 독자의 눈을 믿는 수밖에 없겠어. 강호엔 고수가 많으니까. 그런 면에선 인터넷에 직접 작품을 발표하는 것도 좋을 것 같아. SNS가 활성화되어 있으니 종이 매체나 방송에 의존하던 때보다 작품을 알리기 쉬울 거야. 독자들을 직접 만나 좋은 평판을 얻으면 출판사들이 몰려들지 않을까?

아내 : 고수는 그만두고 하수로서 한마디 할게. 어쨌든 난 시인이 싫어. 당신을 포함해서!

이창기 시인이 일가가 놀러 와 하룻밤 자고 갔다. 파주출판도시 문발리 헌책방골목 블루박스에서 만나 오랜만에 김형윤 선생을 뵙고 함께 차를 마시며 수다를 떨었다. 선생은 국선도를 하시는데 2년 만에 물구나무서기에 성공하셨단다. 축하해 드렸다.

선생과 헤어져 저녁 식사를 한 후 집에 와서 소주 맥주 포도주를 거쳐 아끼는 보이차까지 이어 마시며 이런저런 이야기를 나눴다. 노벨문학상 얘기, 박과 최 얘기, 그리고 근래 폭로가 이어지고 있는 시인들의 성적 일탈에 관한 얘기에 이르렀을 때,

"시인도 부인도 다 싫어!"

동병상련, 진저리치며 두 시인의 아내가 맞장구를 치는데,

"박 아무개 얘기지?"

"그러게, 시인을 해도 부인을 해도 다 듣기 싫더라고!"

아우슈비츠 &

아우슈비츠로 향하는 길에 안개가 자욱했다. 작은 마을을 지나면서 공동묘지를 만났다. 행복한 주검들이 땅속에 누워 있다. 나고 자라 가족들 손에 묻히는 것이 축복인 시대가 있었다.

#

이번 여행은 바르샤바에서 곧바로 브로츠와프로 이동해 한나절 머물고 체코와 헝가리, 오스트리아 일정을 소화한 다음 슬로바키아를 거쳐 크라쿠프와 아우슈비츠를 보고 다시 바르샤바로 돌아오도록 일정이 짜였다.

여행을 앞두고 아내는 영화 〈프라하의 봄〉을 다시 봤다. 그리고 갑자기 모자에 관심을 두기 시작했다.

"어때?"

"별론데. 안 어울려."

양품점에서 영화 속 여주인공이 썼던 것과 비슷한 모자를 써 보이며 의견을 묻는 아내에게 시큰둥하게 대답했다. 프라하에 관한 아내의 기대가 열렬했다면 나는 비엔나의 클림트와 에곤 실레, 특히 에곤 실레를 생면하는 데 마음이 기울었다.

"파이팅!"
인파를 헤치며 축축한 밤거리를 이동하는데 프라하의 젊은이들이 왁자지껄 지나가면서 우리 일행을 알아보고 함성을 질렀다.
"응원하는 거예요. 여기서도 '촛불'이 화제예요. 광화문 광장의 촛불을 보면서 저들의 무혈 혁명인 벨벳 혁명을 떠올리는 거죠. 한국의 오월과 프라하의 봄이 그렇고, 뭔가 동질감을 느끼는 것 같아요."

겔레르트 언덕에서 부다페스트의 야경을 감상했다. 도시 전체가 달 속에 지어져 있는 것 같은 느낌을 주었다. '달의 도시, 달빛에 잠겨 있는' 같은 진부한 수식을 떠올리고 있을 때,
"해리 포터의 한 장면 같아!"
누군가 그렇게 말했다.

비엔나에 도착해 생각보다 큰 클림트의 풍경화들 앞에서 '어라? 왜 이 사람의 풍경화들은 당연히 소품일 거라고 단정했지?' 하는 생각을 잠시 했다. 클림트만큼 전시 작품이 많지는 않았지만 에곤 실레를 보는 내내 가슴이 먹먹했다. 이 우울하고 불행한 사내는 어디선가 본 듯싶다. 누구지? 한국의, 화가인 듯 작가인 듯.

여행 끝날, 대전 후 복원된 바르샤바 구시가지를 보러 가는 길에 옛 공산당사로 쓰던 건물을 지나치게 되었다. 아이러니하게도 지금은 자본주의 상징인 증권거래소가 들어서 있단다. 문득, 한 시인이 생각났다. 그렇지, 그녀의 나라였지! 하면서, '우리는 그것을 모래 알갱이라 부르지만/ 그에게는 알갱이도 모래도 아니다.'로 시작하는 시구를 중얼거렸다.

선의
善意

노무현 정부 시절 외교통상부와 관련된 일(책 만들어 주는 일)을 몇 년 한 적이 있다. 그 과정에서 대변인을 소개받아 그분의 개인 시집을 출간하게 되었다. 외교관으로서의 공적 사적 일상과 사유를 비교적 사실적으로 읊은 시들이었는데 임지의 풍광과 타향살이의 정서가 보태져 흥미로웠다. 옛 문인들(은 많은 이들이 관리였다)의 시를 읽는 느낌이었다고 할까?

시집을 내고 얼마 되지 않아 차관으로 승진한 시인이 집무실로 초대했다. 시집을 내준 답례를 겸해서 승진 턱을 내기로 한 것이다.
“다들 어렵다는데 출판업은 어때요? 내가 도와줄 일이 없을까?”
차를 권하며 인사를 건네는데,
“아니요! 요즘 일에 치여 정신이 없습니다!”
내 말에 시인의 얼굴이 빨개졌다.

청사 근처 일식집에서 식사하며 돌림자를 따지게 되었는데 아저씨뻘이다.
“젊은 사람이 족보에 관해 어찌 그리 잘 알지? 이것도 인연이고 취미도 비슷하니 가끔 부부 동반해서 사는 얘기나 나누자고.”
그저 인사를 건넸던 것일 텐데,

"제 처는 저보다 더 바빠서요."
시인의 얼굴이 다시 한번 빨개졌다.

그곳은 한여름 동경

키치 조지의 작은 골목

(중략)

나를 할퀴고 갔어, 피할 틈도 주지 않고서

그저 손을 내민 것뿐인데

그저 내 맘을 전한 것뿐인데

(중략)

나를 할퀴고 갔어, 앙칼지게 쏘아붙였어.

그저 인사를 한 것뿐인데

그저 꺼내 주려 한 것뿐인데.

·· 델리 스파이스, '키치 조지의 검은 고양이' 중에서

'선의'라는 것이 정의와 불의의 중간 자리에 있음을 경험으로 알고 있다. 긴장을 유지하면서 두루두루 유연하기란 얼마나 어려운 일인가! 어디 그일 뿐이었겠는가. 나의 서투름과 옹졸함을 고백하지 않을 수 없다. 시인은 대과 없이 공직을 마쳤고, 수년 전에 야인이 되었다.

욕

'과소비'라는 말, 지금은 일상어가 됐지만 지난 세기 80년대 끝 무렵에는 신조어에 가까웠다. 80년대 중후반을 지나면서 민주화 열기와 활발해진 노조 활동에 힘입어 장기간 적체되었던 임금이 일시에 상승했고, 소비가 늘어나면서 드문드문 쓰이기 시작했다.

모 그룹 홍보실에서 사보 만드는 일을 하고 있었다. 편집회의를 하는데 담당 이사가 특집 주제로 '과소비'를 제안했고 나는 반대했다.

"도대체 반대하는 이유가 뭔데?"

"과소비에 관한 최근 언론 보도를 보면 노동운동과 근로자들의 임금인상 요구를 우회적으로 비판하고 억제하려는 의도를 담고 있어요. 직원들이 보는 책인데 공감은커녕 비난만 살 게 분명해요. 살기 어렵대서 봉급 올려 줬더니 펑펑 쓴다, 그런 얘기로 들리지 않겠어요?"

"꼭 그렇게만 볼 건 아니고, 다른 관점에서 접근할 수도 있잖아?"

장시간 격론이 이어졌다.

끝내,
"어쨌든 저는 아니라고 생각합니다. 그 주제를 다룬다고 해도 때가 아니에요."
일개 평사원인 내가 담당 이사에게 그렇게까지 할 수 있었던 것은 상대가 그럴 만했기 때문이다. 해직 기자 출신인 담당 이사는 재벌에 대해서 비판적이었고 평소 사원들과 격을 두지 않는 소탈한 성격의 소유자였다.
"정말 안 되겠니?"
"끝내 하라시면 할 수 없죠, 뭐."
참다못해 시뻘겋게 달아오른 담당 이사가 벌떡 일어나 회의실 문을 박차고 나가며 한마디 했다.
"개새끼!"

잘한 것인지 건방을 떨었던 것인지 판단이 서지 않는다. 다만, 어떤 '혐의'로부터 온전히 자유로울 수 없다면 굳이 그런 일을 할 필요가 있을까? 이런 것도 '비겁'인가?

함량

책을 만들 때 많이 받는 주문 중의 하나가 '글자를 크게 해 달라'는 것이다. 요즘은 본문을 11포인트로 하는 경우가 많은데 그것도 작은 모양이다. '큰 글씨로, 시원시원하게' 그리고 '콤팩트하게'—

책을 사거나 만들면서 본문의 행수를 따지던 시절이 있었다. 30행이 넘으면 그만하다 싶었고, 본문 글씨 크기는 10포인트 이하였던 것으로 기억한다. 디자인이나 장정을 고려치 않은 건 아니다. '책'이라는 상품의 본질을 따지면서 종이에 박아 넣은 '글자 수'를 중시했다는 얘기다. 촌스러운 생각일 수도 있다. 자수가 많다고 내용이 깊고 풍부한 것은 아닐 테니까.

시집의 본문은 9.7포인트가 적당하다고 믿는다. 제목은 14포인트, 행간은 18포인트. 자간과 단어 사이의 폭을 정하는 일은 단 폭과 글자체에 따라 조금씩 달리하되 가능한 시선이 집중될 수 있도록 한다. 거의 유사한 우리나라 시집의 판형을 고려한 것이고, 개인의 취향이다.

영화 한 편과 책 한 권을 비교하기도 했다. 가격이 비슷했기 때문이다.

"그렇다면 함량이 비슷해야 하지 않겠어?"

예전에 어느 편집자가 내게 한 말이다. 엉터리라고 할 사람도 있겠지만 '함량'이라는 말에 관해 생각을 해 볼 여지가 있다. 그것의 내용이 지식이든 예술이든 오락이든 말이다.

등단

신춘문예를 통해 새로운 이름들이 소개되었다. '등단'이라는 제도에 (매우!) 회의적이지만 업계에 발들인 이들의 공식적인 첫 작품을 읽는 재미는 있다.
'신춘문예용' '등단용' 작품의 생산을 부추기는 제도와 행태에 대해 우려를 표하기도 한다. 수긍하면서도 크게 걱정하지 않는 편이다. 어느 신문은 어떤 경향의 작품, 어느 잡지는 누가 심사를 맡고 있으니 어떤 유의 작품… 공공연히 소문이 돌고, 반신반의하면서 그걸 믿었던 시절이 있긴 하지만 말이다.
심사위원들, 그럴 만한 자격을 갖춘 시인 소설가 평론가 편집자들이 '~용'이나 '~경향'이나 '~류'를 흉내 낸 작품을 눈치채지 못할까? 자기 논리나 구미에 맞는다고 정말 그런 작품에 치우칠까? 믿고 싶지 않다. 신춘문예거나 문학상이거나 어떤 지면이거나 출판물이거나 작품(이나 작가)을 선하는 과정을 반드시 거치게 되니 마찬가지다.
대시인 대작가 대문장에 대한 갈증이 오래 계속되고 있지만 그리 조바심할 필요는 없다. 등단이나 교육 제도도 그렇다. 그것 또한 그들이 처한 창작 환경의 하나이니 일단은 업계 동료들의 판단을 믿고 이제 막 첫발을 뗀 후인들을 지켜볼 필요가 있다. (대)시인 (대)작가 (대)문장은 그 모든 것을 뛰어넘어 기어코 자신을 알릴 테니까.

도랑

친구가 집에 놀러 와 혀를 찼다. 그는 30여 년에 걸쳐 네 권의 시집을 냈다.

"어쩌다 동네 문인들 모임에 나갔는데 문인협회 회원이냐고 묻더라. 아니라고 했지. 시인협회 회원이냐고 묻더라. 아니라고 했지. 무슨 회의? 아니라고 했지. 그다음부터 투명 인간 취급하더라."

"시인증 보자는 소리는 안 하고?"

기관장 모 씨와 저녁을 하면서,

"어때요? 이 일이 잘 돌아가면 자연스럽게 지역의 민중사가 정리되고, 형편 어려운 작가들은 일감을 얻게 될 테고, 서로 도움이 되지 않겠어요? 문화예산이란 게 시민들 세금인데 관변단체 운영비로 쓰여서야 원!"

"좋은 아이디어네요. 문인협회나 예총 차원에서 제안을 해오면 검토해 볼 수도 있겠어요."

"어이쿠, 협회는 무슨!"

"문인협회도 그렇고 시인협회도 그렇고 왜 문인들이 회장을 맡고 있지?"
"당연한 거 아냐?"
"축구협회 배구협회 테니스협회는 안 그렇잖아?"
"에이, 그거야…"
"꼭 시인이나 작가일 필요가 있을까? 문학에 뜻이 있고 문학 종사자들의 권익을 보호하고 증진하는 일에 봉사할 생각이 있으면 누구나 회원이 되고 회장도 될 수 있어야 하는 것 아닌가? 실무적인 일은 문화예술행정 전문가를 고용하든지 자원봉사자를 모집해서 그들에게 맡기고, 시인이나 작가들은 야전에서 작품 활동에만 전념하면 안 될까? 뜻을 모아야 할 일이 생기면 실무진에서 그 제안을 수렴해 SNS를 통해 광고하거나 사발통문을 돌리면 되잖아? 무슨 협회, 단체, 이런저런 떼거리 구분하지 말고 말이야."
"그럴 수도 있겠네. 그 문화예술행정 전문가나 자원봉사자들의 자질이 또 문제가 되긴 하겠지만 말이야."
여전히 긴가민가한 아내에게,

"창작 외적인 일에서 물러서자는 거야. 회장, 이사, 위원, 사무총장, 회원… 예술가들의 조직? 그게 가능하고 필요해? 권력이고 서열이야? 신분증이냐고? 굴레를 벗고 자유로워야 할 인사들이 왜 굳이 쇠창살 안으로 뛰어들지? 이 개명 천지에, 도랑 같은 문학판에서!"

"모르겠어. 근데 원작들을 읽어나가면서 작가 의식의 폭이 우리와 많이 차이가 난다는 생각이 들긴 하더라."

아내는 요즘 노벨상 수상 작가의 작품을 원작으로 하는 영화를 감상한 다음 원작과 비교 토론하는 강좌를 진행하고 있다.

정상에서 다섯 번

'걷기' 마니아로 알려진 어떤 배우의 산문집이 독자들의 관심을 끄는 모양이다.
"걷기라면 나도 왕년에 한몫했는데…"
"흥. 커피값 없으니까 이 거리 저 거리, 이 골목 저 골목 끌고 다닌 거잖아! 멋 낸다고 하이힐까지 챙겨 신고 얼마나 힘들었는지 알아? 몇 번 데이트하고 그렇구나 싶어 운동화로 바꿔 신긴 했지만…"
연애 시절 얘기다.
요즘엔 거의 걷지 않는다. 아래 위층 오르내리는 거, 현관문 나서서 자동차까지 가는 거, 자동차 내려서 사무실까지, 사무실에서 오락가락하는 게 전부니 만 보는커녕 천 보나 될까?
"유비는 살찐 허벅지를 보며 회한의 눈물을 흘렸다는데 이거야 원 비육지탄(髀肉之嘆)이 아니라 비골지탄(腓骨之嘆)일세!"
근육이라고는 찾아볼 길 없는 종아리와 허벅지를 주무르며 한숨을 내쉬는데 그때뿐이다.

모처럼 대학 동문들과 북한산에 오르는데 몇 걸음 못 가 종아리가 찢어지는 듯 아파지더니 목덜미가 당기고 시야까지 꺼졌다 켜졌다 했다.
"안 되겠다. 너희끼리 올라가. 식당에서 기다릴게."
"거의 다 왔어. 저기 봉우리 보이지. 거기까지만 가자. 쯧쯧, 다들 체력이 이래서야 원!"
그날, 알피니스트에 버금가는 동기의 꾐에 넘어가 북한산을 여섯 봉우리나 등정하고 나서 두세 달 동안 다리를 절었다.
"내가 다시 산에 오르면 성을 간다. 성(姓)을 못 갈면 성(性)을 갈든지!"

아내와 제주도 이곳저곳을 돌아다니다가 그곳에 닿았다. 완만하게 경사가 진 목초지에서 말 몇 마리가 한가로이 풀을 뜯고 있었다. 느릿느릿 거닐다가 팻말을 봤는데 정상까지 30분이란다.
"올라가 볼까?"
"싫네!"
"30분이라는데? 정상이 180m라니 여기서부터 계산하면 기껏해야 100m 높이네. 나무계단이 제법 운치 있지 않아?"
"……."
아내를 위하는 마음으로 따라나섰다가 정말로 성을 갈 뻔했다.
"괜찮겠어? 그만 내려갈까?"
부축하는 아내를 뿌리치고 후들후들 난간에 매달려 정상에 도착했을 때는 이미 어둑해지고 있었다.
"30분이라고? 세 시간은 걸리겠다!"
"안개가 많이 꼈네! 애써 올라왔는데 아무것도 안 보여."

초저녁의 어스름과 해무에 가려진 저 아래 어디서 철썩대는 파도 소리가 들려왔다.

"바닷가 풍경 뻔하지 뭐! 카페 몇 개 횟집 몇 개 모텔 몇 개…"

"……?"

허망한 등정을 마치고 몇 달이 지나서 TV를 보는데 익숙한 풍경이 지나갔다. 남국의 정취가 물씬 풍기는 목장 산책로를 거쳐 성큼성큼 나무계단을 올라간 카메라가 정상에 이르러 아래쪽을 비추는데, 이런!

"우리가 간 곳이 저기였어?"

"맞네. 성산 일출봉."

"그럼, 그날 우리가 못 본 게 바로 저 분화구란 말이야?"

"몰랐어?"

"몰랐어. 아, 한 번은 꼭 내 눈으로 보고 싶었는데!"

"몰랐구나! 어째 이상하더라니. 카페며 횟집이며 모텔 소리를 하기에 심술이 나서 하는 소린가 했지."

"꼭 봐야겠니?"

"대학 때 혼자 오른 적 있어. 옛 생각도 나고, 꼭 한 번 다시 들르고 싶었어."

1년에 한 번 태평양을 건너오는 오랜 친구의 부탁인데 거절하기 힘들었다.

"여기, 정상 주차장까지는 차로 가면 되겠네!"

함께 간 친구가 지도를 들이밀며 거들었다.

"주차장에서 1.7km, 평균 경사도 19.6%, 소요시간 55분… 이 정도면 괜찮지 않아?"
이리 구부러지고 저리 구부러진 산길을 한참이나 달려 올라가 주차장에 도착해서 다시 한번 다짐을 했다.
"가다 뭣하면 너희 둘이 올라가서 보고 오는 거다?"
"에이, 길이 저렇게 좋은데 뭘 그래."
씩씩대며 친구들보다 20여 분 늦게 정상에 도착했는데 고개를 젓는다.
"안개가 심해서 아무것도 안 보여!"
"안 보이긴 뭐가 안 보여? 잘만 보이는구먼!"
약수 마시고 법당 둘러보고 산신각 보고 범종 살피고 3층 석탑 보고 그 유명한 해수관음상을 보다가 홍보용으로 찍어 놓은 그 사진을 발견했다.
"여기가 거기야? 남해 금산?"
"몰랐어?"
"몰랐어. 보리암만 생각했지 남해 금산은… 아니, 평소 사진으로 본 풍경이 여기서 바라본 풍경이라는 거 말이야. 아, 한 번은 꼭 내 눈으로 보고 싶었는데!"

정상 수난은 외국에서도 이어졌다. 멋진 산악열차를 타고 들뜬 마음으로 융프라우에 올랐는데 눈보라가 몰아쳐 아무것도 보이지 않았다. 손꼽히는 야경이라는 파리의 밤 모습을 보려고 엘리베이터 타고 에펠탑에 올랐을 때는 아내가 휴대전화를 소매치기 당하는 바람에 한국에 급히 연락하느라 야경이고 뭐고 감상할 틈이 없었다. 미국 여행 중 엠파이어 스테이트 빌딩 전망대에 올랐

을 때는 안개가 도시 상공을 휘감고 있어 뜬구름만 봐야 했다.

정상에 오르기도 힘들지만 오른 후에 볼 것을 보는 기회를 잡기도 쉽지 않은 모양이다. 옛 생각에 아내와 마주 보고 웃으며 한마디씩 남기기를,
"탐하지 마라. 정상이라고 해서 그것이 꼭 완성을 의미하는 것은 아니다!"
"높이 난다고 반드시 먼 곳까지 볼 수 있는 것은 아니다!"

“

기억이 선명할수록 덧칠은 더 두꺼운 법이야. 왜 그럴까? 소중하거나 아프기 때문이지. 사랑, 그리움, 애착이나 연민, 믿음이라고 부르는 것들 말이야. 이제 그런 감정들을 여럿으로 확장해 '덧칠의 연대'라고 부르면 어떨까?

”

여섯번째 이야기

지금 내가 보고 있는 들소는 몇 번째 들소일까?

죽음의 풍경

요즘은 경사보다 조사를 자주 접한다. 그만큼 죽음에 익숙해져 있다는 얘기다. 죽음에 관한 첫 기억은 일고여덟 살 무렵 할아버지의 사십구재다. 어느 절에 모셔졌던 듯한데 망자를 보내는 음울한 풍경보다는 무언가 부산한, 어쩌면 잔치 같기도 했던 분위기가 잔상으로 남아 있다. 두 번째 기억은 할머니의 죽음으로, 군 복무 중에 소식을 접하고 휴가를 얻어 고향에 도착했을 때는 이미 장례가 끝난 뒤였다. 사촌이 모는 오토바이를 타고 면사무소에 가서 사망신고를 했다. 장성하기까지 할머니에 관한 기억이 거의 없어서인지 아프거나 슬픈 감정을 느끼지 못했다.

—

늦은 밤, 버스를 기다리며 정류장에 멀거니 서 있는데 건너편 인도에서 한 사내가 보행자 신호가 끊긴 도로로 들어섰다. 신호대기 중이던 차들이 비틀대는 사내를 피해 천천히 출발했다. 사내는 많이 취한 듯 자동차들을 향해 삿대질하기도 했다. 위태위태 중앙선에 이르렀을 때, 이쪽 정류장에서 지켜보던 사람들의 시선이 약속이나 한 듯이 좌측으로 돌아갔다.
뭐라고 할 틈이 없었다. 사거리를 지나 무서운 속도로 달려온 택

시가 중앙선을 넘어온 사내를 사정없이 들이받았다. 딱 소리를 내며 허공으로 솟구쳐오른 사내의 몸이 택시 앞 유리에 한 번 더 부딪친 후 바닥에 떨어졌다. 차에서 내린 운전기사가 비명을 지르며 얼굴을 감싸 안고 오열했다.
사내의 몸이 공중에 머물던 짧은 순간, 부러진 팔다리가 줄 끊어진 꼭두각시 인형처럼 덜렁대던 모습이 뇌리에 박혔다. 내 생애 첫 번째 죽음의 풍경이다.

이튿날 아침. 주섬주섬 낚시도구와 읽을거리를 챙겨 들고 팔당으로 향했다. 몇 년 전 댐 아래쪽 강변에서 친구들과 낚시를 한 적이 있었다. 밤새 헛손질하다가 동이 틀 무렵 적잖이 건져 올렸었다. 대개는 수문이 잠겨 있어 유속이 빠르지는 않지만 두 길이 넘을 정도로 물속이 깊었다.
낚시에는 관심이 없었다. 낚싯대를 펼쳐 놓고 건성으로 책장을 넘기며 착잡한 심사를 달랬다. 그러면서 끊임없이 되풀이했던 질문, 무언가 할 수 있는 일이 있지 않았을까? 크게 소리라도 쳐서 위험을 경고했어야 했던 것 아닐까? 고개를 저으며 담뱃불을 붙이는데,
"쯧쯧, 어른이나 애들이나!"
옆자리 낚시꾼이 혀를 차며 손가락질했다. 위쪽에서 고등학생쯤 되어 보이는 아이 둘과 건장한 사내 하나가 자맥질을 하고 있었다. 그러려니 하는데 아이 하나가 허우적대더니 물속에 들어가 나오지 않았다. 함께 헤엄치던 아이가 당황한 듯 주위를 둘러보며 도움을 청했다. 강변에 모여 있던 아이들의 일행이 달려와 발

을 구르며 소리를 질렀다. 아직 물속에 있던 사내가 멈칫하더니 저만치 떨어져 있는 나룻배를 향해 헤엄쳐 갔다. 혼자 남은 아이는 수영 실력이 꽤 있어 보였다. 친구를 찾으려는 듯 자맥질해 들어갔다 나오기를 두어 번 했다. 그 사이 나룻배에 올라탄 사내가 노를 저어 다가갔다. 자맥질하던 아이가 힘에 부친 듯 물 위에 누웠다. 노를 건네면 잡을 수 있는 거리였다. 사내는 뱃머리에 선 채 뛰어들까 말까 고민하는 듯했다.

"노, 노!"

강변의 낚시꾼들이 깨우쳤으나 때를 놓치고 말았다. 물 위에 누워 있던 아이가 갑자기 쑥 하니 물속으로 끌려들어 갔다. 그걸로 끝이었다. 신고를 받은 경찰들이 달려왔고, 혼이 나간 사람처럼 무어라 중얼거리며 오락가락하던 사내가 낚시꾼들을 향해 울부짖었다.

"어쩌라고! 나보고 어쩌라고!"

그 일들이 있은 지 얼마 지나지 않아 매형이 급서했다. 누나와 어린 조카들을 대신해 염습 과정을 지켰다. 지척에서 주검을 대면

하기는 그것이 처음이었다.

"천 석이요!"

"이천 석이요!"

"삼천 석이요!"

한 스푼, 두 스푼, 세 스푼… 굳게 닫힌 입을 열고 생쌀을 밀어 넣었다.

"천 냥이요!"

"이천 냥이요!"

"삼천 냥이요!"

동전 세 닢을 물려 주었다.

"편히 가시오!"

"편히 가오!"

꽃신을 신길 때 심장이 덜컥 내려앉았다.

"그만 나가 있거라."

아버지가 등을 떠밀었다. 어느 순간부터 나는 흐느끼고 있었다. 그 흐느낌은 슬픔이 아니라 두려움에서 온 것이었다. 아버지는 그런 내 속을 알고 계셨던 것 같다. 나는 스물여섯이었다.

여행의 풍경

나이가 들면서 집을 나서는 일이 점차 줄어든다. 맘먹고 나서도 '여행'보다는 '관광'이 목적일 때가 많다. '겪고 만나고 느끼기'보다는 '먹고 자고 바라보는' 일에 마음을 쓰는 것이다.
바람난 망아지처럼 헤매고 다니던 때가 있었다. 완행열차와 시골 버스가 주된 이동수단이었고 싸구려 민박이나 여인숙이면 족했다. 죽지 않을 만큼 먹고, 노숙자들의 시비와 날벌레 떼의 공격에 시달리며 역전에서 통금시간을 보내거나 에이형 텐트 속에서 불안한 새우잠을 자면서 머물고 떠나기를 반복했다. 종이지도와 코펠과 석유 버너와 트랜지스터라디오, 랜턴과 만능 칼과 낚싯대 한 자루… 도착지를 정하지 못했던 여행의 날들!

—

산빛이 신록으로 부드럽게 휩싸이고, 강물이 연한 초록을 빛내고, 햇볕이 부드럽게 내리쬐이는 방방곡곡에서 아이들은 쑥쑥 자라고 어머니와 아버지들은 늙어간다. 빛나는 한세상이다. 누군가는 환희에 떨고 누군가는 고통에 몸부림친다. 더러는 청명하고 더러는 어둡다. 하지만 세상은 아직도 넉넉하다.
나뭇가지에 앉아 새들이 지저귀고, 등판을 번뜩이며 송사리 떼가

냇물 속을 헤엄치고, 바위틈에서 꽃이 피고, 아이들은 쉼 없이 까르륵댄다. 아버지들은 일터에서, 어머니들은 부엌에서 가끔 아픈 허리를 편다.
화창한 날이면 바라보기만 해도 가슴이 저렸다. 어머니 파밭에 나가시고, 풀피리 소리를 따라 산속으로, 산속으로 뛰어갔다. 법주사 염불 소리를 뒤로 한 채 망개나무 숲 지나 큰잣새 붉은가슴잣새를 찾아 헤매다 보면 어느덧 날이 기울곤 했다.
문장대 가는 길은 저승길에서도 알아준다는데 나물을 캐는 아낙은 힘이 드는지도 모르고 그 길을 오르내렸다. 대개는 낯모를 도시인의 식탁에 오를 것이지만 얼마간은 객지의 지아비에게 보내지고, 더러는 어린 자식의 저녁상에 오르기도 했다.
옛 승은 이곳에 와서 속세와의 연을 끊고자 했으나 정작 산속을 지키며 살아온 이들에게 속리산은 질기고 질긴 인연의 끈을 확인하는 삶의 현장이었다. 새벽에 눈 뜨고 일어나 텃밭 머리에 나서면 불현듯이 다가와 안기는 속리산 줄기마다 근심을 쌓고, 법주사 독경 소리에 그리움만 깊어갔다.
고단한 하루해가 저물면 신작로 저 멀리 등불 하나 흔들리고, 아낙은 아이를 쥔 손에 힘을 주었다. 기다려도 오지 않는 이와, 끝없이 이어진 신작로 사이를 서성이면서 오랫동안 말이 없었다.
그로부터 이십 년, 세월의 무수한 흐름 뒤에, 다시 그 길을 오르는 그녀의 아이도 이제는 말이 없다.

태행산 기슭 개나리 물이 오르고, 망개나무 솔나리 노랑무늬붓꽃이 필 때쯤이면 늘 그랬다. 산자락에 기대어 고단한 허리 펴고 하늘을 보았다. 호밋자루를 거머쥔 손가락 마디마다 노을이 젖고, 등짝에 매달린 어린아이는 젖을 보채다 잠든 지 오래였다. 봄날은 느리게 지고, 산밭 머리를 차고앉은 무다리도 보기가 좋았다. 산마을 아낙들의 곳잔등 위에서 봄빛은 무르익고, 그 고단한 호미질 아래 예로부터 사람이 나고 죽었다.
주왕산 남쪽 삼십 리 길, 주산저수지 한편에 절반쯤 몸이 잠긴 채 버드나무 한그루가 신열을 앓고 있다. 공회당 앞에 모여 앉은 처녀애들은 그렇게 한 자락씩 봄기운을 털어낸다. 그 또한 뭇 객과 낯선 도시를 향한 동경일지 모를 일이다. 느리고 더딘 봄날에, 일손을 던져 버리고 우리가 문득 주왕산에 들 듯…….

빛나는 풍경의 뒤안길, 그 붉은 모래 언덕에 낙조가 걸려 있다. 시퍼렇게 멍이 든 가슴을 쓸어안고 뜨거운 꿈길을 헤매다 파도 소리에 놀라 꼭두새벽 잠에서 깨어나곤 했다.
숙취에서 깨어난 아침, 백사장 강아지들은 파도를 쫓고, 그물에 걸린 어린 고래의 슬픈 눈망울을 바라보면서 촌로들은 혀를 찼다.
'쯧쯧, 어쩌다 저 어린 것이…'
쯧쯧, 어쩌다 이 낯선 바다를 헤매고 있었던 것일까? 가엾은 어린 고래는 슬픈 울음을 울며 연민이 가득 찬 눈을 들어 보인다. 주변을 둘러싸고 철없이 까르륵대던 아이들이 잠시 침묵하고, 민망한 어부들도 고개를 돌렸다.

보길도 예송리 해안선을 거슬러 오르는 광대봉 가파른 길에 낙조가 질펀하다. 예작도 앞바다 점점이 떠 있는 고깃배는 신열 앓는 처녀처럼 어깨를 떨고, 필시 어느 아낙의 고단한 호미질을 받아 그 쓰임새를 이루었을 천수답에서 벼들이 층층이 아픈 허리를 편다. 껑충한 발목을 저녁놀에 묻고 발장을 내려다보는 옥수수밭 사이에는 엉거주춤 마늘밭이 펼쳐져 있다. 사람이 살고 있다!
다도해의 다도는 바다에 떠 있는 섬들이 아니다. 섬 사이에 바다가 있다. 섬 사이에 길이 있다. 더욱이 그것은 사람의 길이다. 바다를 끌어안은 섬에는 사람이 살고 있다. 바람 불고 비 오는 것이 가장 큰 관심사인 사람들, 그들이 곧 섬이요 바다다.

다들 어디로 간 것일까? 누군가 뾰족한 창끝을 내밀고 등을 찌를 듯 바짝 쫓아오는 것 같은데 돌아보면 아무도 없다. 길가의 코스모스가 가는 허리를 뒤척이고, 오래 묵은 상처가 도지듯 등이 시려오기 시작한다. 어김없이 또 가을인 것이다.
불을 쥐고 날아다니는 꿈을 꾸었다. 끝 간 곳 없는 들판과 강물을 따라 흐르다가 문득 손에 쥔 것을 살펴보니 고추잠자리다. '이게 아닌데……?' 하는 순간 붉고 까칠한 마디마디가 끊어지면서 나락으로 떨어졌다.
어지럽게 펼쳐진 고사목을 감상하며 비로봉 정상을 향한다. 겨울 오대산 능선에서 바라보면 앙상한 고사목과 적설이 어울려 장중하면서도 고적한 아름다움을 즐길 수 있다. 그러나 아직은 가을, 비로봉 지나 상왕봉으로 향하는 십 리 길을 갈대가 숲을 이루고 있다. 그 위를 나는 고추잠자리는 이제 힘에 부치고… 어허! 눈부시다, 저 햇빛!

다짐

짠지와 라면 국물을 안주 삼던 가난한 시절, 무슨 좋은 일이 있었는지 그날은 통닭집에서 맥주를 마시게 되었다. 막 튀겨져 나온 통닭 한 마리를 앞에 두고 군침을 흘리고 있을 때 누추한 소년이 신문을 내밀었다. 흔히 있는 일이었다. 주로 데이트 중인 젊은 남녀가 타깃이 되곤 했다. 상술이라면 상술일 터였다. 모르는 척 술잔을 만지작거리고 있을 때 마법에라도 걸린 듯 소년이 내 앞에 놓인 접시 쪽으로 손을 뻗치더니 닭 다리 하나를 집어 들었다. 순간 소년과 나, 놀란 두 사람의 눈이 허공에서 마주쳤고, 동작이 멈춰졌고, 느릿느릿, 닭 다리는 다시 본래의 자리에 돌아왔다. 그때, 무례를 탓할지 닭 다리를 건넬지 고민하던 짧은 순간 소년은 돌아섰고, 비틀비틀 테이블 몇 개를 더 돌고, 출입문을 열고, 자신이 왔던 거리로 사라졌다.

30년이 훨씬 넘은 얘기다. 가끔 그때 일이 떠오르곤 한다. 그 기억 속의 나는 무기력한 청년이면서 어느 순간 마법에 걸린 그 소년이기도 했다.

단군 이래 최대의 환란이라는 IMF를 거치면서 거리에는 노숙자가 넘쳐 났고 아파트 빈터에 천막을 치는 가장들의 사연이 연일 뉴스의 앞면을 장식하고 있었다. 겁이 난 아내는 쌀부터 샀다.

·· '페인트칠에 관한 기록' 중에서

작품의 배경이 된 그 시절 얘기다. 장항동에서 일을 마치고 회사로 복귀하는데 시간이 애매했다. 길가 음식점에 들어가 국밥을 먹는데 손님이라곤 나하고 그 사내뿐이었다. 먼저 식사를 끝낸 사내가 계산대 앞에서 고개를 꺾은 채 무어라 중얼댔다. 반 울음 섞인 주인의 음성이 내 귀를 때렸다.

"돈이 없으면 미리 말을 했어야지. 나도 죽을 지경이야. 당신이랑 저 양반, 오늘 달랑 손님 둘 받았다고!"

사내는 고개를 들지 못했고, 주인은 가슴을 쳤고, 나는 연거푸 물잔을 들이키며 타들어 가는 목젖을 적셨다. 오래된 그 기억 속에서 나는 또한 고개가 꺾인 사내이고 주인이기도 하다.

봄이 온 듯하다. 무기력을 떨치자.

자랑

봄비를 맞으며 막일을 했다. 마사 15톤 1대, 깬 자갈 4.5톤 1대를 대문 앞에 부려놓고 질통과 수레를 이용해 집안으로 옮겨 성토하는 일이다. 일꾼은 50대 60대 80대 3인조. 80대는 질통을 지고 60대는 수레를 끌고 부실한 50대인 나는 갈퀴를 들고 평탄 작업을 했다. 일하는 솜씨를 보자면 평생 막일을 해온 80대가 단연 선두인데 힘만 좋은 게 아니라 우리 중 제일 부자이기도 하다. 점심을 먹으며 아들과 큰딸에게 집 사준 얘기, 명문대 교수인 막내딸 얘기를 하며 자랑이 대단하셨다.

사람은 무엇으로 죽는가?

파주 공릉천 가까운 한적한 마을에 집을 한 채 짓기 시작했다. 설계 초기에는 멋진 집을 지어보자고 했는데 공부방과 사무실로도 쓰고 팔다 남은 책을 보관할 창고도 마련하고 가끔 지인들을 불러 모을 황토방도 하나 곁들이다 보니 결과적으로 집도 절도 아닌 이상한 모양이 되고 말았다. 이른바 어설픈 '직영공사'의 종합판인 셈이다.

공사를 시작하면서부터 동네 어른들과 접하게 되었다. 마을은, 아내의 표현을 빌리면 '마파도'다. 젊은 인사라곤 눈을 씻고 봐도 찾을 수가 없고 대부분 7~80대의 노인들뿐이기 때문이다. 최고령은 104세, 얘기의 주인공은 96세다.

96세 할머니는 내가 차를 몰고 공사장에 도착하면 슬그머니 다가와 들릴 듯 말 듯 "난 또, 아들인 줄 알았어. 차 색깔이 똑같아." 하시곤 지팡이에 의지해 구부정한 걸음걸이로 건너편 처마 밑으로 돌아가 종일 해바라기를 하신다.

조용한 동네에 불쑥 나타나 본의 아니게 소란을 피우게 된 나는 공사 기간 내내 막걸리며 과자며 사탕들을 사 나르며 떠버리 할머니 투덜이 할머니 얌전이 할머니 새침이 할머니와 수다를 떨었다.

그러던 어느 날, 숨 막히게 쏟아지는 여름 햇볕을 피해 할머니들이 한 분도 보이지 않을 때, 96세 할머니가 홀연 내 곁을 지나치며 신음처럼 중얼거렸다.

"심심해서 죽겠어!"

고장 수리

3일 동안 프린터와 씨름을 하다가 결국 손을 들고 말았다. 프린터는 팩스와 복사기와 스캐너 기능까지 갖춘 복합기인데 여기에 무한(좋아하시네!) 잉크 공급 장치가 달려 있다. 이상 증상은 노란색이 찍히지 않으면서 시작됐다. 그러다가 청색 적색이 찍히지 않았고, 검은색 하나를 이용해 문서 출력만 겨우 하다가 마침내 결딴이 난 것이다. 이걸 고쳐보겠다고 끙끙거리면서 두 손은 엉망이 되었고, 막힌 잉크 공급기 호스를 입으로 빨다가 혓바닥과 잇몸과 입술까지 천연색으로 떡칠을 하고 말았다. 3일에 걸친 사투는 헤더 망실이라는 최종 메시지가 뜨면서 끝났다. 이걸 수리해 볼까 검색도 해봤지만, 수리비용이나 새것을 사는 거나 별 차이가 없다는 사실을 알고 손을 들었다.

4년 전 복숭아나무를 옮겨 심으면서 허리가 망가졌다. 그럭저럭 견디던 중 나무담장을 세우며 드릴을 쓰다가 목장갑이 말리면서 손가락이 꺾어졌다. 앞뒤로만 움직이는 줄 알았던 손가락이 좌로 90도 꺾인 모습을 보고 잠시 신기해하다가 아니지 싶어 잽싸게 바로 세웠다. 그 순발력을 자랑하니 아내는 치를 떤다. 사무실 마당에 잔디를 깔면서 어깨가 고장 났고, 2층 짐을 1층으로 내리면서 허리 통증이 엉덩이 아래까지 내려갔다. 앉고 눕고 일어설 때마다 '아이고!' 소리를 달고 사니 병원 치료를 권하는 아내의 성화가 여간 아니다. 고장이 날 때마다 한두 번씩 병원 치료를 받지 않은 건 아니다. 병원 가고 주사 맞고 약 타 먹는 건 일이 아닌데

문제는 '물리치료'다. 인내와 끈기는 그렇다 치고 젊은 놈이(아닌가?) 의료장비에 몸을 맡기고 멍하니 누워 있는 행색이 영 못마땅한 것이다.

"어디 한두 번 아파보나. 시간이 지나면 좋아지겠지."

버티고 버티다 의사가 권하는 물리치료를 받았다. 주사에, 전기 자극에, 고주파 안마에, 수력 치료까지.

"한결 낫네."

내 말에 아내가 딱하다는 듯 혀를 찬다.

푸석푸석 물기는 빠졌지만 딱 한 번 받는 몸뚱인데 구석구석 수리를 해가며 아껴 써야지, 하면서도 뛰기는 고사하고 길게 걸어본 게 언제였더라? 오로라 보러 가는 프로젝트가 있던데 내 몸으로 그게 가능할까? 아쿠아렉스인지 수력 치료기(침대)인지 거 참 좋긴 좋네. 렌트하는 데 없나? 나이든 사내 혼자 중얼중얼.

서울 문래동, Photo by Narin Kim

선물

명절을 앞두고 아내는 한동안 선물 준비로 부산을 떨었다. 금년 선물로 마련한 품목 중에 으뜸은 진도 재래 김이다. 지난 추석 무렵 지인의 소개를 받고 전화를 넣었을 때 철이 아니라며 주문을 거절했던 현지인께서 '진짜' 김을 보내주셨다.

선물이라면 나는 잘 주지도 받지도 못하는 성격이라서 아내의 핀잔을 듣곤 한다.

"어른을 찾아뵈면서 덜렁덜렁 빈손으로 갔단 말이에요!"

또는,

"명절인데 거래처 선물은 정한 거예요? 사업한다는 사람이 어떻게 사과 한 상자 들여놓는 법이 없어요?"

하는 식이다.

선물이라고 해야 할지 모르겠지만 오래된 기억이 하나 있다. 중학교 1학년 때다. 가세가 말이 아니었다. 실직한 아버지는 직장을 구하기 위해 지방을 떠돌고 계셨고, 대학에 다니던 형은 학비를 감당할 수 없자 휴학하고 군대에 갔다. 나는 학급반장직을 내놓고 야간 학생들이 수업을 마칠 때까지 교내매점에서 일하며 학비를 보탰다. 형이 휴가를 나왔다 귀대하는 날 꼬깃꼬깃 간직하고 있던 지폐 한 장을 군화 속에 넣어두고 등교했다.

"네가 한 일이지?"

매점 일을 마치고 밤 열두 시가 다 되어 귀가한 내게 어머니께서 물으셨다.

"아니, 모르는 일인데요?"

나는 시치미를 잡아뗐고 어머니는 눈시울을 붉혔다.

엊그제, 뜻밖의 선물을 받았다. 고장 난 프린터와 사흘 동안 씨름한 글을 읽고 고교 문예반 일 년 선배가 프린터를 선물해 주었다. 졸업 후 한 번도 만나지 못했고, 옳게 후배 노릇을 한 적도 없으니 사양함이 마땅했지만 지나친 겸양도 예의는 아닌 듯해서 기꺼이 받았다. 고마운 뜻을 보전하는 길은 그 옛날 부끄럼 많았던 어린 동생이 군화 속에 몰래 넣어둔 지폐를 발견하고 어머니와 형이 느꼈을 그런 감정을 누군가에게 다시 전하는 일이 될 것이다.

현대의학

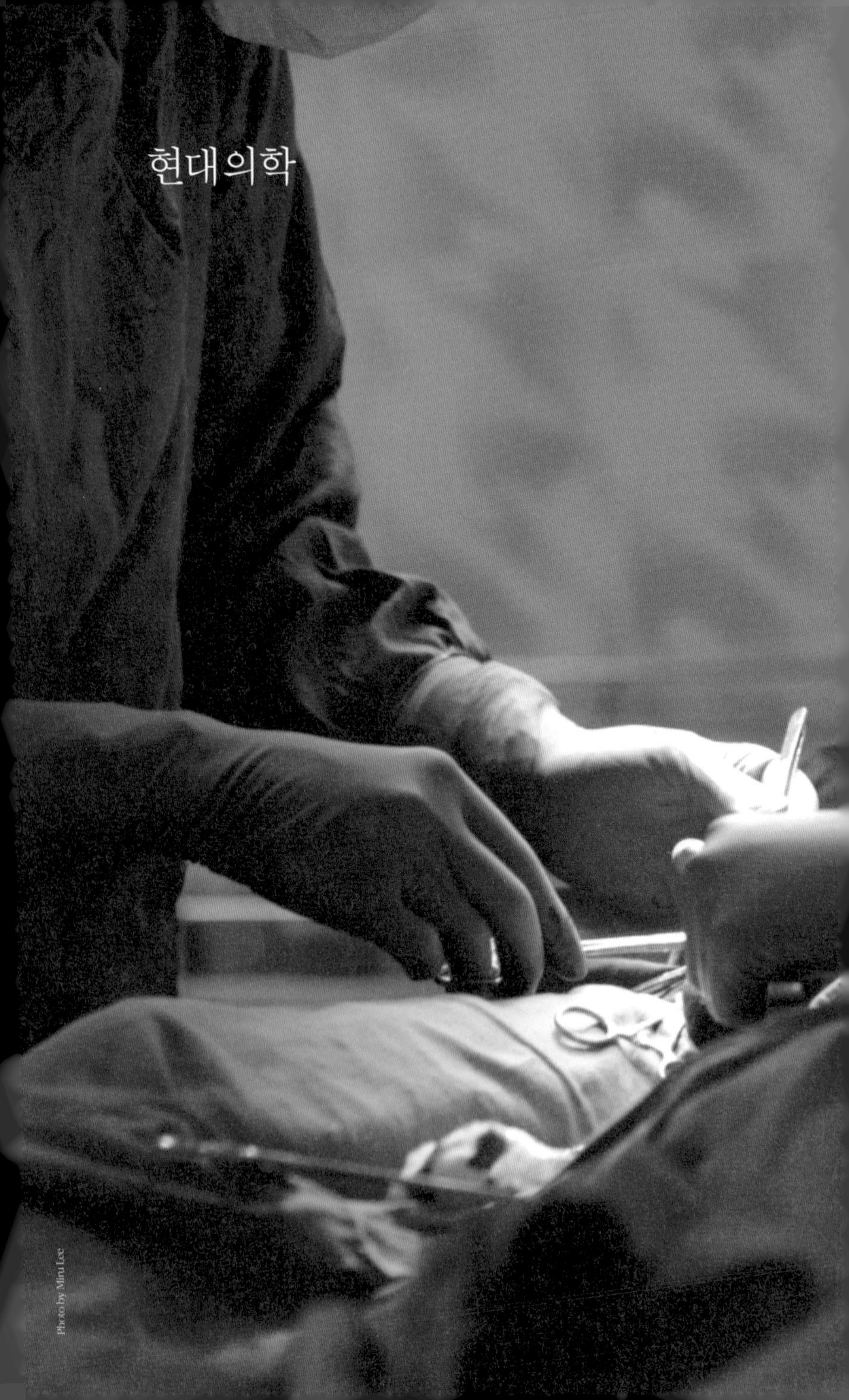

Photo by Miru Lee

매형은 마흔세 살에 죽었다. 맹장염이었다. 말단 용원부터 시작해 4급(현재 6~7급)까지 오른 입지전적인 인물이다. 3급 시험 1차 합격 후 2차 시험 보는 날 아침 급서했다. 전날 병원 진단이 급성맹장염이었다. '스물네 시간 안에 수술하면 된다'는 속설을 믿고 시험을 치른 후 수술하려다가 그만 맹장이 터져 복막염이 된 것이다. 매형은 3급 사무관으로 추서됐고, 비명에 '처사'라는 직함을 새기게 되었다. 處士 金公○○之墓. 1984년 겨울의 일이다. 의식을 잃기 전 매형의 마지막 말은 "하느님, 제가 너무 욕심을 부렸습니다."였다.

가끔 아랫배에 통증이 왔다. 알 수 없는 것이 꼭 토요일과 일요일에 복통이 찾아오고, 1박 2일 집구석에서 데굴데굴 구르다가도 출근을 하는 월요일 아침이면 씻은 듯이 낫는 것이다. 어느 날 통증이 시작됐을 때 불현듯 매형 생각이 났다.
황급하게 수술이 이뤄졌다.
"보세요. 터지기 직전이었어요."
잘라낸 맹장을 보여주며 담당 의사가 공치사했다.
"고맙습니다. 덕분에 이제 맹장염으로 죽는 일은 없겠네요."
담당 의사가 눈을 동그랗게 떴다.
그 얼마 후 잡지에 발표한 시의 한 대목이다.

(……)

"요즘 세상에 맹장염으로 가다니!"

유택을 짓고 봉분을 올리면서

조객들은 한숨을 내쉬었다.

그런 것이다.

어느 날 문득 수술복으로 갈아 입혀지고

주삿바늘을 통해 싸늘한 액체를 주입하는

낯모를 사내를 바라보면서

예정도 없이… 미처 열을 세기도 전에…….

· · '예정도 없이' 부분.

조만간 현대의학의 힘을 한 번 더 빌려야 할 것 같다.

GIVE WAY
TAXI
TAXI的士
GW 7225

거리

고교 시절 모 대학의 백일장에 참가했을 때 내걸린 주제가 '거리'였다.

"글감을 정하면서 street을 생각했는데 써낸 작품들을 보니 distance가 많았다."

심사를 맡은 서정주 시인이 혀를 찼다.

'실재적'이나 '사실적'이나 '감각적'이라는 말과 달리 '관념적'이라는 말은 우리 문학판에서 좋은 의미로 쓰인 적이 별로 없는 것 같다. 지난 세기 8~90년대에 특히 그랬다. 문학뿐만 아니라 음악과 미술, 연극 등 많은 예술이 '거리'에 있었고 힘을 냈다.

'관념적'이라는 말에 관해 다시 생각해 보고 있다. 삼십 년쯤 전, "혼자서도 멀리 흩어져 사는 자여"라고 쓴 적이 있다. 그렇다면 그 '자'는, 과거와 현재와 미래와 이곳과 저곳에 있으면서 지금의 나를 구성하고 있는 그 '나'는, 관념인가 실재인가… 하는 따위.

학습

지난 금요일 집을 나서는데.
"어디서 만난다고?"
"종로3가 6번 출구."
"탑골공원?"
"그렇지 아마."
"쯧쯧, 인사동에서 더 벗어나면 안 되는데!"
영역에 관한 아내의 심리적 저지선이 아직은 인사동까지라는 얘기다.

6번 출구. 여기가 어디지? 일단 큰길로 나가 방향을 잡고 다시 약속장소로 돌아오는 동안 흩어졌던 기억들이 천천히 자리를 잡기 시작했다. 애써 피해 다닌 것도 아닌데 수십 년 만이다. 고삐 풀린 망아지 꼴이 되어 이 주변을 헤매고 다닌 게 벌써 40년 전인 것이다. 재수 시절 학원은 화신 쪽에서 다녔는데 웬일인지 놀기는 피카디리와 단성사가 마주 보고 있는 이 길에서 놀았다. 단골 음악다방에 크라프트베르크의 LP를 맡겨 두고 손님들의 눈치와 디제이의 짜증을 감내하며 수시로 틀어 달랐던 기억이 난다. 그중에서 내가 집착했던 노래인 〈The Hall of Mirrors〉는 이렇게 시작된다.

The young man stepped into the hall of mirrors

Where he discovered a reflection of himself

Even the greatest stars discover themselves in the looking glass
Even the greatest stars discover themselves in the looking glass

Sometimes he saw his real face
And sometimes a stranger at his place

Even the greatest stars find their face in the looking glass
Even the greatest stars find their face in the looking glass

He fell in love with the image of himself
And suddenly the picture was distorted

그로테스크한 전자음과 내면을 바라보는 철학적 가사가 입시에 낙방하고 벌판에 내던져진 당시의 처지와 맞아떨어졌던 듯싶다.

돌고 돌아 분단문제가 화제에 올랐다.
"북쪽에서 살아 본 적도, 가 본 적도 없고 전쟁을 겪은 세대도 아닌데 그럼에도 불구하고 분단이라는 상황이 왠지 나를 불완전하게 만드는 것 같아요. 본능이라고 해야 할지 집단 무의식 같은 거라고 해야 할지."
"학습된 결과야!" 동산 선생께서 단언하셨다. "우리 사회 시스템이 알게 모르게 그렇게 교육하고 있는 거야."

고급 정보

낮에 혼자서 집을 지키고 있는데 후배가 찾아왔다. 그는 1년 늦게 태어난 죄로 평생 '후배질'을 하는 처지다. 원래 시를 썼고 한때 KBS 다큐멘터리 작가로 이름을 날렸는데 바둑TV 불교방송 등에서 연출가로 활동하고 난 다음부터는 무슨 무슨 작가보다 다큐멘터리 감독으로 불리길 원한다.

"감독보다야 작가가 낫지 않아?"

"에이, 할 만큼 했어요. 작가를 해도 결국 감독(연출) 일까지 도맡게 되니 이쪽이 차라리 맘도 편하고요."

"감독(연출)하면서 작가 일 겸하는 거나 그게 그거지 뭐. 그리고 원래 네가 시를 썼잖아? (어쩌고저쩌고 이러쿵저러쿵)"

나야 청년 시절 겪어 아는 탁월한 재능이 아까워서 하는 말이지만 함께 늙어가는 처지에 상처 들추기나 잔소리가 아닐 수 없다.

"고향 내려가 어머니 뵙고 올라오는 길에 사 왔어요."

한산 민속주(소곡주) 한 병과 서천 앞바다에서 막 끌어올렸다는 굴 한 말을 턱 하니 내려놓는다.

"굴 까는 법은 아세요?"

"…?"

"자, 보세요. 물로 잘 씻은 다음 드라이버를 이용해서 여길 이렇게… 아시겠죠? 초장 찍어 드시든지, 아니면 삶거나 불에 태우시든지."

서양에 '손님이 미우면 영국 요리를 대접하라'는 속담이 있단다. 영국 요리가 형편없다는 풍자다. 목장갑 끼고 수돗가에 앉아서 난생처음 죽기 살기 씩씩대며 굴을 까는데 이런 생각이 들었다.

'누구 골탕 줄 일 있으면 크리스마스 때(설날도 좋겠다) 자연산 굴 한 말 선물하라.'

크리스마스 날 추위에 벌벌 떨면서 혼자 굴 깠다고 심술이 나서 하는 말 절대 아니다. 믿지 못하겠으면 혼자 수돗가에 앉아 찬물 끼얹어가며 한번 까 보시라. 징글벨, 징글벨 소리가 얼마나 아름다운지!

꿈, 난데없는

불명한 시대. 나라가 망한 듯 망명객들이 세계 각지로 흩어지고 있는 가운데 불상의 집단에 쫓기며 초원지대를 지나 낯선 항구에 도착. 녹물이 흐르는 낡은 여객선, 뱃고동, 파도, 망망대해, 불명의 도시 불명의 건물, 망명 단체의 기밀실쯤으로 추정되는 미상의 공간.
"동지들을 규합해야 해! 중남미, 아프리카, 중동 유학생을 중심으로!"

(왜 꼭 그들이어야 했지? 유럽, 북미, 중국, 일본 쪽으로 망명한 인사들에 대해 강한 적대감을 표출하면서 그 이유를 장황하게 설명했던 것 같은데 그게 뭐였지? 다른 세계관, 새로운 시각이 필요하다는 얘기였나? 아니야, 꿈이래도 그렇지 망명지와 개인의 세계관을 결부시키는 건 난센스 아닌가?)

트럭을 몰고 모래폭풍과 산악지대를 넘어 불명의 도시에 도착. 뜨거운 태양, 고대 신전을 연상시키는 황토색 건물, 긴 회랑과 아치, 미상의 인물과 회합 중 갑작스러운 총소리와 함께 유리창이 깨지고 장면이 바뀌면서 다시 모래폭풍. 아, 숨 막혀!

(이야기를 논리적으로 완성하려는 듯, 또는 더 유리한 상황을 설정해 보려는 듯 같은 장면이 반복되고.)

누군가의 주검. 사자의 머리에 가체를 얹어주는데(주검에 가체라니, 이건 또 뭐야?) 불현듯 누군가 훔쳐보는 느낌, 알 수 없는 이끌림에 어둠이 내린 유리창을 살피자 유리 갈피에 갇혀 있던 온갖 형태의 주검들이 꿈틀거리기 시작하고, 그리고, 해골에 박힌 눈동자! 마그마 또는 폭발 직전의 우주처럼 급격히 팽창하는 나락 속에서 허우적대다 꿈속 현실로 겨우 빠져나와 '아니지, 이것도 꿈이지' 하며 다시 한번 깨고 나니 온몸이 파르르.

도대체 뭐지? 도무지 연결고리를 찾을 수 없네? 낮에 피운 시가가 원인인가? 시가, 쿠바, 혁명, 총격, 주검… 에이, 비약이 너무 심한 거 아냐? 내가 기억하지 못하는 어떤 일의 상징인가? 잠재된 욕망이 변복하고 나타난 건가? 변복이라면, 무언가를 모방하거나 덧칠한 것 아닌가? 이게 도대체 뭐지? 난데없는 꿈이라니!

시시한 이야기

미국에 사는 아내의 친구가 놀러 와 자리를 비켜 주었다. 집을 나와 파주 공부방에서 언뜻 잠이 들었는데 귀신이 찾아와 한바탕 전쟁을 치렀다. 가위가 눌린 것이라는 생각을 하면서도 벗어나지 못하고 발버둥을 친 것이다. 겨우 정신을 차리고 보니 새벽 세 시. 냉장고에서 소주병을 꺼내 들고,

"귀신 쫓는 데 술만 한 것이 없지."

그나저나,

"마을이 이렇게 적막한데, 열에 아홉은 독거노인인데, 다들 어찌 밤을 보내시나?"

1987

아내 생일에 모처럼 영화관을 찾았다. 30년이 흘렀지만 생생한 장면들이다. 당시 아내는 연세의료원 홍보실에 근무하고 있었다. 세상 사람들의 이목이 이한열 군의 회생 여부에 쏠려 있을 때 출입 기자들에게 병원 차원에서 논의를 거쳐 제작된 브리핑 자료를 나눠줬다.

옆자리에 젊은 처자들이 앉았다. 그 앞에 머리 센 노부부가 앉았는데 분위기가 산만해 처자들로부터 몇 차례 주의를 받았다.

"그 아이들에게 1987년은 우리한테 육이오나 일제 강점기 같은 것일 거야."
"그러게. 어른들한테 그 시절 얘기를 들을 때면 왜 자꾸 옛날얘기를 하시나 했는데."
"그러니 종군위안부 문제를 할머니들 처지에서 생각하면…"
"그분들에게 과연 '과거'라는 시간이 있을까?"

목련이 — 있던 — 자리

어느 해 가을 조경공사를 하면서 배롱나무를 한 그루 심었다. 근처 조경회사를 둘러보다가 첫눈에 반한 매우 잘생긴 나무였다. 구불구불 뻗어 나간 나뭇가지를 바라보고 있노라면 어린 시절 옛날이야기를 듣고 있는 것 같은 기분이 들었다.

"겨울을 날까요? 얼어 죽으면 어쩌죠?"

"걱정하지 마세요. 삼십 년 바닷바람도 거뜬히 견딘 나무예요. 고향 해남에서 제가 직접 분을 떴다니까요? 온전히 뿌리를 내릴 때까지 직접 관리를 해 드릴 거고요."

3년짜리 수목보증서를 내밀며 조경회사 사장이 장담했다.

그리고는 날이 추워지자 일꾼을 데리고 달려와서 가지마다 짚과 새끼줄을 둘렀지만 안타깝게도 '삼십 년 바닷바람도 거뜬히 견딘' 해남 배롱나무는 그해 겨울에 경기도 고양시의 낯선 집 마당 한편에서 얼어 죽고 말았다. 겨우내 배롱나무 주변을 서성이며 남도를 여행할 때 보았던 활짝 핀 백일홍을 고대하던 나는 매우 실망했고 적잖이 미련을 품게 되었다.

"아, 살아서 꽃이 피었으면 우리 동네의 랜드마크가 됐을 텐데!"

배롱나무 자리에 소나무를 심었다. 그리고는 꿩 대신 닭이라며 대문 옆에 어린 목련을 한 그루 사다 심었는데 어찌 된 일인지 몇 해가 지나도 잎만 달리고 꽃이 피지 않았다. 보다 못해 '꽃을 피워 본 기억이 없어서'라고 둘러대자 아내는 '꽃이 피는 건 기억이 아니라 습관'이라며 의심에 찬 눈길을 보냈다.

지난봄.

"화원에 어린애 팔뚝만 한 배롱나무가 있던데?"

"예전에 다 자란 나무도 얼어 죽었잖아. 괜찮겠어?"

"앞집 배롱나무는 지난겨울을 넘겼던데?"

"그럼 심어 보시던가. 몇 년 동안 꽃 한 번 피우지 못하는 저기 목련 자리에."

그렇게, 목련이 있던 자리에 배롱나무를 심었고 며칠 전부터 마침내 꽃이 피기 시작했다. 황홀한 심정으로 거실 유리창 너머 배롱나무를 바라보면서,

"그래. 목련 자리가 아니었던 거야. 얼어 죽은 배롱나무도 그렇고, 다 자기 자리가 있는 거야."

50
10
20

뻐끔뻐끔

소설 쓰는 후배에게 파주 공부방을 빌려주고 보름쯤 지나 격려차(?) 방문해 이런저런 얘기를 나누다가 문득,

“도대체 몇 년을 더 살아야 하는 거야?”

“글쎄요, 한 이십 년이나 삼십 년쯤?”

“큰일이군!”

“……?”

“뭘 하지?”

“…… .”

십 년 터울의 두 사내, 막막한 파주 벌판을 앞에 두고 담배만 뻐끔뻐끔.

불청
不淸

1960년대 흑석동 살 때 한강은 놀이터였다. 이번 겨울처럼 강물이 얼면 썰매를 메고 나가 얼음을 지쳤고, 날이 풀리고 얼음이 깨지기 시작하면 떠다니는 얼음판을 뗏목 삼아 물살을 타기도 했다. 여름이면 중지도 주변 백사장을 중심으로 선상매점들이 들어서고 왁자지껄 피서객들이 웃고 떠드는 가운데 스피커에서 온종일 유행가가 흘러나왔다. 뜻 모를 유행가를 흥얼거리며 샛강에 나가 헤엄을 치다가 어느 날 그만 물길을 헛짚고 말았다. 쑥 하니 빠져들어 가는데 오랫동안 발끝이 닿지 않아 눈앞이 깜깜했다. 어찌어찌 강바닥에 도착해 힘껏 차고 올라와 목숨을 보전한 다음부터 물을 피하게 되었고, 어른이 된 후 어쩌다 얕은 곳에서 발버둥을 쳐보지만 내 몸은 그 시절 헤엄 기술을 기억해내지 못한다.

집은 아파트 단지가 건너다보이는 그린벨트에 있다. 큰길에서 삼사백 미터 논길을 가로질러야 하는데 수로를 끼고 편도 1차선(왕복 2차선)이다. 어느 날 이 길에 들어섰는데 맞은편에 택시 한 대가 나타났다. 그러려니 했는데 달려오는 모습이 수상했다. 어,

어 하는 사이 택시는 중앙선을 넘어 내 차를 향해 돌진했다. 반대편 차선으로 피하기엔 늦고 오른쪽으로 핸들을 꺾으려니 수로다. 도망칠 곳 없이 멍하니 바라보는데 심사가 막막했다. 택시는 달려오던 속도 그대로 내 차를 들이받았다.

"쉬지 않고 48시간째 운전했어요. 피곤한 데다가 감기까지, 약에 취해 졸다가… (횡설수설) 두 달 전 실직하고 먹고살겠다고 대리 나섰는데… (구시렁구시렁)"

"피 나는데 괜찮겠어요?"

하늘이 도왔는지 팔등을 긁힌 것 외에 둘 다 큰 부상은 없었다.

"이야, 레커차보다 먼저 도착해보긴 처음이네!"

사고 신고받고 현장에 도착한 경찰관들은 희희낙락.

10여 년 전 이맘때 크게 앓았다. 숨이 턱까지 차오르고 위 안에 시멘트가 굳어 있는 듯 물 한 모금 넘기기 힘들었다. 누우면 쉴 새 없이 재채기가 터져 나와 소파에 앉아 선잠을 자야 했고 산 것도 죽은 것도 아닌 상태에서 악몽과 환청에 시달리며 열흘 넘게 한의원을 들락거렸다.

"숨이 차서 자동차 핸들도 못 꺾겠어요."

"그래요? 큰일이네! 폐에 물 찬 것 같아요. 건너편에 내과 있지요? 빨리 가 보세요!"

열흘 가까이 하소연을 반복했는데 딴소리다. 어이가 없었지만 대꾸할 기력조차 없다.

"병원 와본 지 얼마나 됐어요?"

피 뽑고 엑스레이 찍고 심전도 검사하고 초음파로 위까지 훑어본

다음 엑스레이 사진을 걸어놓고 원장이 물었다.
“글쎄, 한 7~8년?”
“보세요. 하얗죠? 이게 다 물이에요. 이 정도면 익사 직전이에요. 물 찬 폐가 위를 누르고 있으니 음식이 들어가지 않을 것이고, 팽팽하게 심장을 짓누르니 어찌 되겠어요? 뛰려고 기를 쓰다가 결국 터져버리지 않겠어요?”
딱하다는 듯 혀를 찬다.
“담배 끊으시고, 술은 얼마나?”
“5년 동안 매일.”
“보통 1주일에 한 번이니까 앞으로 30년 동안 금주하면 되겠네.”

2년 전에 종합검진을 받았는데 생체나이 56세란다. 그 50년 전에 여섯 살이었으니 밑지진 않은 셈이다. 사선을 넘어 예까지 왔으니 불청不淸은 아니라는 얘기.

수목들

3일 내내 전지를 하며 보냈다. 결혼 후 10여 년간 아파트에 살다가 단독주택으로 옮긴 지 20년째다. 집은 신도시 아파트 단지들 사이에 끼어 있는 녹지 보호구역 안에 있다. 도시 속의 섬 같은 곳으로 관공서와 학교, 병원, 대형마트와 재래시장 같은 생활편의 시설이 인접해 있고 지하철, 광역버스, 고속버스, KTX 등 교통 여건 또한 매우 좋아서 흙냄새 맡으며 살기엔 그만이다.

집을 지으면서 병적으로 녹색에 집착했다. 울타리 삼아 마당을 둘러가면서 나무를 심고 잔디를 깔았다. 소나무 잣나무 주목 서양측백 전나무 사철나무 쥐똥나무 옥향나무… 상록수 일색으로 사철 푸르름이 유지되도록 했다. 초록이 지천인 동네에 살면서 어리석은 짓이 아닐 수 없는데, 비유하자면 섬 속에 또 섬을 만들었던 것이고, 당시의 심리 상태가 그랬다. 세상에서 동떨어지고 싶은 마음.

"마당에 철학이 없어. 싹이 나고 자라 단풍 들고 잎이 떨어지는 모습을 봐야 계절의 변화를 알지. 인생이 바로 그런 거잖아."

누군가의 조언을 받아들여 단풍 목련 장미 해당화 라일락 보리수 산딸나무 산수유 감나무 능소화 복숭아 매화 배롱나무 들을 사이사이 덧심다 보니 마당은 그야말로 수목들의 전쟁터가 되고 말았다.
"쯧, 절반은 뽑아내야겠다. 이렇게 촘촘히 심는 법이 어딨니? 최소한 팔 벌릴 틈은 줘야지. 나무들은 해마다 자라잖아!"
일찌감치 전원생활을 시작한 친구가 놀러와 혀를 찼다.
"알아. 근데 못 해. 저것들이 다 내 피와 땀이고 살이야. 돈도 돈이지만 내 허리 망가진 것이 다 저것들 때문이라고."
"툭 하면 이리 옮기고, 저리 옮기고… 뿌리를 내릴 만하면 이리 옮겼다, 저리 옮겼다… 보다 못해 잔소리하면 재빨리 옮겨심기 때문에 나무들이 눈치를 못 챈다나? 기가 막혀서!"
아내의 볼멘소리에,
"어쨌든 잘 자라고 있잖아."
"이 마당에서 죽어 나간 나무가 몇인데?"
"나 말이야…"
"……?"
"아침에 여기 나와 앉아 있으면 행복해. 행복하다는 게 현실적으로 느껴져. 나무들이 내뿜는 향기 속에 그런 힘이 있는 것 같아. 〈대부3〉의 마지막 장면 기억나? 한적한 시골 마을 우물가 근처, 은퇴한 마이클 콜레오네가 말쑥하게 차려입고 지팡이를 기대 둔 채 의자에 앉아 있고, 볼품없는 검은 강아지 한 마리가 그 주위를 어슬렁대고 있어. 생애를 돌아본 사내는 이제 모든 걸 내려놓은 듯 무너져 내리지. 모래성처럼! 그렇게 온전히 고독하고 평안한 죽음이 있을까? 나도 그렇게 죽고 싶어. 어느 해 이맘때쯤 여기 이 의자에 앉아서."

지금 내가
—
보고 있는 들소는
—
몇 번째
—
들소일까?

"네가 쓰는 책 속엔 네가 너무 많아!"

"그래? 그러고 보니 정말 그렇네! 그래서 책이 안 팔리나?"

"그런 얘기 아니고…"

"알아, 무슨 얘긴지. 근데… 고백하기 창피하지만, 아직 나한테서 한 발자국도 나아가지 못했어. 철들어 지금껏 생각하고 또 생각했는데 도무지 모르겠어. 네가 말하는 그 '나'가 무엇이고, 어떻게 만들어졌고, 만들어지는지. 사랑 믿음 갈망 분노 절망 알 수 없는 그리움 같은 것들로 되어 있는 어떤 물질, 아니지, '물질 정신체'라고 해야 하나? 어쨌든 그 '나'에게 주어진 시간과 그 '나'의 존재나 부재에 관해 무언가 답을 할 수 있을 때까지는 한 치도 더 나아가지 못할 것 같아. 그래서 좀 우울하고…"

"선각들의 가르침이라든지 역사적 현실이라든지 동시대의 삶들 속에 그 답이 있을지도 모른다는 생각은 안 해 봤니?"

"그 말이 하고 싶었던 거지?"

"밀실에 틀어박혀 궁상떨지 말라는 얘기야."

"밀실?"

"그렇잖고. 뒹굴다가 겨울잠에 빠져 버린 동굴 속일 수도 있고."

"밀실도 좋고, 동굴도 좋고, 겨울잠도 좋아. 근데 그 안에 웅크리고 있는 짐승이 아니라 원시인 정도로 봐주면 안 될까? 왜 그 알타미라나 라스코 동굴 벽에다 그림을 그리던 미개인—미개인, 그것 참 제격이네!— 말이야."

"그렇다고 뭐가 달라지니?"

"상상력을 동원해 보자고. 만 년, 아니 만오천 년쯤 전이야. 신장은 백팔십 센티, 몸무게는 아마 팔구십 킬로쯤 될 거야. 건장한 사내지. 턱이 약간 튀어나왔지만, 지금이라도 이발하고 말끔하게 양복 차려입고 거리에 나서면 크게 눈길을 끌지는 않을 거야. 인류 역사상 처음으로 '예술'을 했다고 알려진 크로마뇽인이지. 그 중 한 사내가 물감과 칠 도구를 챙겨 들고 동굴에 들어와서는 평평한 벽을 찾아 그림을 그리는 거야. 스모키 화장 비슷한 걸 하고 있을 수도 있어. 예술가니까. 무얼 그릴까? 그래. 그 시대 최고 걸작으로 알려진 <상처 입은 들소>를 그리고 있다고 하자. 본 적 있는지 모르겠지만 생생해! 피를 철철 흘리면서 숨이 끊어지기 직전인데, 아, 그 천진한 눈이라니! 세세하게 묘사된 잔털들은 또 어떻고!"

"학자들에 따라서는 사냥에 나서기 전에 치르는 주술적인 의식으로 보기도 하지. 일종의 사냥 시뮬레이션일 수도 있고."

"나도 그 얘기 들은 적 있어. 아마도 그쪽에 더 가까울 거야."

"도대체 무슨 말이 하고 싶은 건데?"

"그림물감에 약간의 문제가 있었어. 세월이 흐르면서 색깔이 변하고 점차 희미해지더니 덩그러니 밑그림만 남아 버린 거야. 한 사내의 창작품이었든 주술 의식이었든 생존을 위한 사냥 시뮬레이션이었든 매우 중요한 그림이었던 것만은 틀림없어. 그러니 어쩌겠어?"

"다시 그렸다는 거야?"

"맞아. 습기나 통풍이 문제일 수 있으니 다른 동굴을 찾아 새로 그릴 수도 있었어. 그런데 무슨 이유로 그럴 수가 없었던 거야. 그 동굴이 그들에게 특별한 의미가 있는 '성소(聖所)' 같은 곳이었을 수도 있고, 눈 씻고 찾아봤는데 주변에 마땅한 동굴이 없었을 수도 있어."

"알겠다! '복원'에 관해 말하려는 거지?"

"비슷해. 바로 '덧칠'이야. 벽화가 처음 발견됐을 때 보존 상태가 너무 완벽해서 진위 논란에 휘말리기도 했대. 사진을 봤는데 그럴 만도 하겠더군."

"누군가 덧칠을 했다는 거야?"

"나는 그렇게 생각해."

"요즘 기술로 그걸 모를까?"

"천 년이나 이천 년, 아니 만 년쯤 전에 일어난 일이면 알 수 있을지도 모르지. 하지만 그보다 더 세월을 거슬러 올라가면 어떨까?"

"그렇다 치자. 근데 그 얘기는 왜 하는 건데?"

"들어봐. 들소와 화가, 그리고 첫 번째 두 번째 세 번째 덧칠을 한 사내들 얘기를 하고 싶은 거야. 찬찬히 생각해 보자고. 수만 년 전이야. 들판에서 크로마뇽인들이 뛰어다니고 있어. 들소도 있고 사슴도 있고 멧돼지도 있고 매머드도 있지. 그걸 뭐라고 부르면 좋을까? 그래. 일단 '역사의 진상(眞相)'이라고 해 두자. 요즘 말로 '리얼(real)'이라고 하는 게 좋을까? 동굴 그림 속 들소는 뭐라고 부르면 좋을까? '역사의 모상(模相)' 정도면 되겠네. 그런 다음 화가가 맨 처음 그린 들소를 '들소^{1}'이라고 하고, 세월이 흐르면서 사내들이 덧칠한 들소를 각각 들소^{2} 들소^{3} 들소^{4}라고 하자고. 덧칠한 사내들도 이제부터는 화가^{1} 화가^{2} 화가^{3} 화가^{4}로 칭하고. 여기서부터가 좀 복잡하거든."

"줄여 말해. 네가 원래 그런 재주는 타고났잖아."

"들소가 있어. 들소를 본 사내도 있지. 그 사내가 바로 동굴 벽에 들소 그림을 그린 화가야. 아닐 수도 있어. 화가가 들소를 보지 못하고 그렸을 수도 있다는 거야. 그저 들소의 모습을 전해 들은 거지. 이 경우에는 전혀 다른 주제가 될 수 있으니 일단은 화가가 들소를 직접 보고 그린 것으로 하자고. 그런 다음 들소^{1}에 관해 말하자면, 아무리 똑같이 그렸대도 들소^{1}은 본래의 그 들소가 아니라는 거야. 그 들소에 관한 화가의 생각과 경험이 보태진 다른 들소인 거지."

"그야 두말할 것 없지."

"들소^{2}? 덧칠이 거듭될수록 미궁이 깊어져. 덧칠하는 화가 입장이 되어봐. 그는 이제 들소, 들소^{1}은 물론이거니와 화가^{1}의 손길까지 따라잡아야 해. 그러면서 자기가 보고 듣고 이해한 것들로 다시 덧칠하지. 내가 고민해온 많은 문제가 거기서 비롯돼. 누구도 들소를 직접 만날 수가 없거든. 우리가 보거나 만질 수 있는 건 들소^{1}이야. 아니, 들소^{2} 들소^{3} 들소^{4}야. 세상은 그런 것들로 채워져 있어. 시간을 되돌리지 않는 한 무수한 누군가에 의해 덧칠된 삶을 살 수밖에 없다는 거야. 그 누군가 속에는 당연히 자기 자신도 포함돼. 자기가 자기를 덧칠하는 거지. 자기 인생은 물론 자기가 속한 세상까지 말이야. 어디 그뿐인가? 생각해 봐. 내 어머니가 오롯이 내 어머니일까? 그 어머니의 아들이 오롯이 그 어머니의 아들일까? 기억이 선명할수록 덧칠은 더 두꺼운 법이야. 왜 그럴까? 소중하거나 아프기 때문이지. 사랑, 그리움, 애착이나 연민, 믿음이라고 부르는 것들 말이야. 이제 그런 감정들을 여럿으로 확장해 '덧칠의 연대'라고 부르면 어떨까?"

"그럴 필요가 있겠네. 동굴 밖으로 한발이라도 더 나아가길 원한다면 말이야."

"그래도 당분간은 맨몸으로 맞서고 싶어. 동굴 속 그 원시인처럼 '미개한 나'로 말이야."

"누가 말리겠니!"

"지금 내가 보고 있는 들소는 몇 번째 들소일까? 나는 몇 번째 화가일까? 들판의 들소들과 나, 들소 떼를 쫓던 그 미개한—그래서 더 순수하다고 믿는— 사내들과 나 사이에는 어떤 연대가 존재할까? 연대할 만한 '무엇'이 있기는 있는 걸까?"

"동굴 속에 너무 오래 처박혀 있었던 건 아니니?"

"그럴지도 모르지. 이 이야기는 다음번 책에서 좀 더 자세히 써보려고 해. 동굴벽화 말고도 비슷한 사례가 몇 가지 더 있거든. 그 얘길 쓰려면 아무래도 네 도움이 필요할 것 같다. 덧칠 연대의 친애하는 화가x 군. 하하."

에필로그

Photo by Miru Lee

책을 마무리하면서 습관적으로 '에필로그'라는 제목을 달았다. 그런데 참 난감하다. '에필로그'라는 것이 무엇일까? 풀이하자면 '앞에 쓴 이야기의 결말'이나 '앞에 쓴 이야기에 관한 설명이나 해석' 정도가 될 것이다. 이 책에는 없지만 '프롤로그'라는 것도 있다. '앞으로 쓸 이야기의 시작이나 발단' 정도로 보면 될 것이다.

컴퓨터 앞을 떠나 담배를 피워 물고 창밖을 내다본다. 어슬렁어슬렁 지구별 한구석 외진 들판을 지나가고 있는 어떤 사내가 눈에 들어온다. 그 어떤 사내가 지나가고 있는 길옆 논두렁에서 다른 어떤 사내가 허리를 꺾고 있다. 무엇을 다투기라도 하는 듯 무리 진 새소리가 들리고 이내 사선을 그으며 허공으로 솟구쳐 오른다. 어디선가 닭 우는 소리가 들린다. 멀리 강변도로를 질주하는 자동차들의 소음이 보태지고 개 짖는 소리가 합세한다. 두런두런, 두런두런… 해독되지 않은 언어들이 귓전으로 몰려든다.

동아시아의 작은 나라 대한민국 경기도 파주시 탄현면 장릉로 124번 길 2층 작업실에서 벌판을 내다보고 있는 사내, 그가 바로 나다. 지금의 나, 앞에 쓴 이야기 속의 '나'가 아니고 앞에 쓴 이야기 이후의 '나'가 아닌 오롯이 나일 뿐인 나. 시작도 끝도 아닌 나, 프롤로그도 에필로그도 아닌 나.

지금

내가

보고 있는

들소는

몇 번째

들소일까

?

초판인쇄 2019. 3. 22.
초판발행 2019. 3. 29.

지 은 이 이능표
펴 낸 곳 휴먼필드
출판등록 제406-2014-000089
주 소 경기도 파주시 탄현면 장릉로 124-15
전화번호 031-943-3920 **팩스번호** 0505-115-3920
전자우편 minbook2000@hanmail.net

ISBN 979-11-955110-4-4 03810

이 도서의 국립중앙도서관 출판예정도서목록(CIP)은 서지정보유통지원시스템 홈페이지(http://seoji.nl.go.kr)와 국가자료종합목록시스템(http://www.nl.go.kr/kolisnet)에서 이용하실 수 있습니다. (CIP제어번호 : CIP2019010269)